格尔木文学丛书
（第四辑）

错失的
风物

井国虎　著

青海人民出版社

图书在版编目（CIP）数据

错失的风物 / 井国虎著 . -- 西宁：青海人民出版
社，2023.10
（"昆仑圣殿"格尔木文学丛书 / 李明主编 . 第四
辑）
ISBN 978-7-225-06545-8

Ⅰ．①错… Ⅱ．①井… Ⅲ．①诗集 — 中国 — 当代
Ⅳ. ①I227

中国国家版本馆 CIP 数据核字（2023）第176192 号

"昆仑圣殿"格尔木文学丛书·第四辑

李　明　主编

错失的风物

井国虎　著

出 版 人　樊原成
出版发行　青海人民出版社有限责任公司
　　　　　西宁市五四西路 71 号　邮政编码:810023　电话:（0971）6143426（总编室）
发行热线　（0971）6143516 / 6137730
网　　址　http://www.qhrmcbs.com
印　　刷　青海德隆文化创意有限责任公司
经　　销　新华书店
开　　本　787mm×1092mm　1/16
印　　张　17.5
字　　数　100 千
版　　次　2023 年 10 月第 1 版　2023 年 10 月第 1 次印刷
书　　号　ISBN 978-7-225-06545-8
定　　价　82.00 元

《"昆仑圣殿"格尔木文学丛书(第四辑)》
编 委 会

主　编 李　明

本辑编辑　陈劲松

主办单位　格尔木市文学艺术界联合会

井国虎

井国虎，青海西宁人，现居格尔木。青海作协会员，格尔木作协理事，"柴达木诗社"创始人之一及成员；退役武警，自由职业。

作品收录于《2012年中华新诗大典》、《中国诗歌年鉴》（2015年卷）、《我们和玉树在一起》《今夜 我在德令哈——中国（青海·德令哈）首届海子青年诗歌节特辑》以及《青海湖》《延河》《当代青年》《兰陵诗刊》《诗歌报》《人民武警报》《解放军报》《西海都市报》《荆州晚报》等多种媒体（合集、专集、选刊和杂志）；出版诗集《光与影》。

总　序

　　癸卯初春，万物萌动，一切即将现出欣欣向荣之姿，而"昆仑圣殿"格尔木文学丛书第四辑书稿编竣，即将付梓出版，这些都是让人愉悦的事。

　　文化是一个民族、一个国家的根，而文学则是文化的重要组成部分。近年来，习近平总书记在多次重要讲话中都强调要积极推动文化建设和文艺繁荣发展。过去的几年中，在中央文艺工作座谈会、中国文联第十次全国代表大会、中国作家协会第十次全国代表大会以及青海省作家协会第八次代表大会精神指引下，格尔木市文学创作取得了优异的成绩，迎来了大发展、大跨越、大突破的黄金时期。无论从小说、诗歌、散文等文学作品的文体丰富度来看，还是从文学作品的数量与质量来看；无论从创作人员数量，还是文学创作队伍的人员结构来看，格尔木市的文学创作都呈现了崭新的样貌，都取得了优异的成绩。近几年来，我市作者的数百篇（首）小说、诗歌、散文作品发表于《诗刊》《十月》《星星》《花城》《作品》《光明日报》《中国青年报》等数十家国家级、省级刊物、报纸，获青海省政府文学艺术奖、青海省青年文学奖等省内外文学奖项数十个，入选中国作家协会重点作品扶持项目三次，有两部作品入选中宣部 2022 年主题出版物，市作家协会主席唐明以格尔木为创作背景，出版了儿童文学作品集 18 部……这些亮眼的文学创作成绩，积极、高效地向外界宣传了格尔木，成了一窥格尔木样貌的窗口，对提高格尔木市的文化品位、推动当地文化建设都有着积极的现实意义。

高原新城格尔木，建政时间虽不长，但因其独特的地理位置和昆仑文化影响，各民族文化相互交融，共生共长，各种优秀的文艺作品不断涌现。尤其是近年来，借"文化大发展大繁荣"的东风，格尔木的文化事业取得了显著成绩，格尔木市文联也紧紧围绕省、州、市委的工作大局，紧扣时代脉搏，积极投身社会实践，在育人才、出精品、铸品牌上下功夫，组织开展了一系列丰富多彩的文化活动，营造了浓厚的文艺创作氛围。

"昆仑圣殿"格尔木文学丛书第四辑共6本，体裁涵盖了小说、诗歌、散文、随笔、散文诗等文体，其中有盛明渊的中短篇小说集《迭代时光》、王嘉民的随笔集《槐影阁随笔》，杨莉的散文集《回家的路》、井国虎的诗歌集《错失的风物》、王瑾的诗歌集《水印集》、李宝花的散文诗集《盐的光芒》。丛书作者来自我市的各行各业，既有机关工作人员，也有已退休的教育工作者，还有企业工作者……他们虽从事着不同的职业，但都深沉地爱着这片土地和文学，都在用各自不同的视角和文笔表达着、抒发着自己对人生、对生活、对这片雄浑之地的爱恋，具有鲜明的地域特色。纵观这一辑的文学丛书，文字特点和艺术特征各异，王嘉民的作品洗练老道，井国虎的作品粗犷豪放，盛明渊的作品平实从容、娓娓道来，李宝花、杨莉、王瑾三位女性作者创作的文体不同，但都呈现出细腻娴静的特点。六位作者的文字或充满哲思，向生活的深处挖掘，探骊得珠，或注目于脚下这方雄奇的大地，以深情的歌喉赞美着这里绚丽的山川河岳。他们在文字中挥洒着哲思与情思，引人入胜，有助于更多人了解格尔木，走进格尔木，描画格尔木。

背依昆仑山，以柴达木盆地为主的海西地区，远古时期就有人类在此居住活动。这里不仅是矿产资源的"聚宝盆"，同时也是文化资源的"聚宝盆"。这里的昆仑神话、西王母神话以及柴达木开发历史等独一无二的历史文化矿藏吸引着许多专家学者的目光，也吸引着一批近代著名作家、诗人探寻的脚步，诗人昌耀、海子、李季等人就曾流连于这方热土。这里也走出了王宗仁、王泽群等一批在国内卓有影响力的著名作家，近年来，有越来越多的文学作品从这片神秘的土地走向全国，一批年轻的作家、诗人也走向了国内更广阔的文学大舞台。江山代有才人出，也衷心希望能有更多年轻的作者在这方高大陆上茁壮成长，以笔作舟楫，从这里走向全国，走向世界。

　　"昆仑圣殿"格尔木文学丛书的编辑出版得到了市委、市政府及相关部门的大力支持和帮助，在此，再次向关心和支持丛书出版的各位领导和有关部门致谢！向为本辑丛书奋力笔耕的作者及一直默默书写的众多文学爱好者一并表示崇高的敬意和深深的感谢！

　　　　　　　　格尔木市文学艺术界联合会主席　李　明
　　　　　　　　2023 年 2 月

《错失的风物》的诞生土壤与基础（自序）

感谢市文联，感谢市作协，感谢各位领导和老师对我的支持和帮助；感谢为这套丛书付出巨大努力领导和老师们；也感谢这个伟大的时代，让我们这些普通文学爱好者有了追求文学梦的原动力！

习近平总书记曾殷切嘱托："让绿水青山永远成为青海的优势和骄傲。"对于我这个土生土长的青海娃来说，用我们手中的笔，努力守护好这片大好河山，是义不容辞的责任。使命所在，我自勇担！

这本《错失的风物》，就是近两年来我对家乡的山山水水与风土人情的讴歌与赞美，其间掺入了自己的一些所思所想和所感，形成了属于自己的独特抒情方式。它新颖，但不怪诞；它冷峻，但不冷漠；它丰富，但不繁复；它特立独行，但不标新立异；它贯通共性，但不哗众取宠。它是将忧患、焦虑、不安和悲伤等情绪理性地、多角度地打磨，将人类的悲悯、敬畏和恻隐之心予以真切地触碰，从而获得思想的撞击与灵魂共鸣。它摆脱了假大空的浅显与浮躁，以更加深刻冷静的笔墨，触摸生命的痛点。

"人之初，性本善。"当我们随着年龄的增长和时间的车轮逐步融入社会时发现，现实并不完全是我们想象的那么美好。残酷的现实时不时会给"我本善良"迎头一击。我们不得不用复杂而怀疑的眼光重新审视这一切。面对变化多端的各种社会现象，我们不得不沉下心来冷静思考这一切。

"人谁无过？过而能改，善莫大焉。"我们当然能够看透本质，也能够回归到本真，然而在一些陋习恶习仍然存在的当下，我们还能高蹈而轻浮地行走在事物的表象上吗？！

　　相对于那种热烈而慷慨的表达，我的这种"冷抒情"方式更能激发人们深层次的思考，给人以回头望的可能性，将表情达意以更接近"冷峻"的方式呈现在读者面前，客观地将"道法自然"的道家思想理念融入生命哲学中，使得人们更清晰、更透彻地认识世界，认识自我。获得从悲观情绪里自我救赎、自我解脱的力量和动能。

　　这种"冷抒情"方式有机地纠正着一些人们逐渐偏离时代潮流的"三观"。

　　这是大美青海、苍茫辽阔的柴达木和家乡格尔木给我的想象和灵感。感谢这一切！

井国虎（鸽虎）

2022.6.20　于格尔木

目录 CONTENTS

第一卷　回　望

第二卷　风　物

第三卷　拾　遗

格尔木文学丛书

GEERMU WENXUE CONGSHU

（第四辑）

第一卷

回望

入 夜

倦鸟都归了林
孱弱的路灯打扫着村道

夜的潮气打湿了隐约的犬吠
风飒飒地走来走去

远空黯然。流星划破天空的那一瞬
我仿佛看透了生死

一声突兀的猫叫，加重了夜的幽深
月光洒在石头上，像一层霜

"一层霜，一层伤。"待在善因里的那只孔雀
像要猛扑下来

我知道，不只是孔雀，还有鹦鹉
我知道，不只是鹦鹉，还有轮回里的众生

嫁　接

雪线抬高了岁月的海拔
流水迂回着穿过草原

羊群被很白地嫁接到天上。鹰在放牧云朵
寂静处，生长着森严的宗教

殊为不易的花儿摇着抒情的手臂
有蜜蜂和蝴蝶沉醉其中

天空不时撒下一些碎片，晶莹剔透
与生俱来的纯净，清洗蒙尘之眼

被放生的白牦牛，行走在因果里
我双手合十，广结善缘

——唵嘛呢叭咪吽。鲜花埋骨之地
静静的嘛呢石，有着拔地而起的威严

人　间

时间仍在变奏
隐匿于白雾中的乌鸦沉湎冥想

这娑婆世界，人人需要后盾
而我所有的只是一个梦幻

词语起义。那些倾泻的意象
仿佛黑色的呐喊，含糊其辞

被上帝抛弃的孩子，踩着旧滑板
在命运里远征

高居人间的神圣，不吱一声
前方仍是个未知数

那些甘之如饴的毒
蚀骨，又蚀心

说　谎

假装彻悟，心若止水
假装看破，遗世而立

放下蠢蠢欲动的肉身
这世界，繁花依旧错落

鸟鸣轻描淡写地划过天空
形而上的云彩，仿佛接盘侠

地里，青稞已生长了千年
我且靠着山坡做一次回望

或者幸福，四季无忧
或者纯粹，人畜无害

薄暮里，白牦牛静静地反刍斜阳
分蘖期的庄稼认真地听禅

这个夏天，我向天空撒了一次谎
只撒了一次谎，满世界就绿得是是非非

往　事

从五月出发
天空只剩下一行鸟鸣

那棱格勒河穿越戈壁，穿越
岁月的掌纹。性情乖戾的马匹逃出世外

我在你的毡房里买醉，沉睡
给时间露个破绽

雪藉着风声
埋葬那些一言难尽的人和事

世间的路走久了，需要缓缓
织一张形而上的网

把生命里的虚妄一网打尽
携两袖清风，傲视红尘

蜻 蜓

这一天，风弹拨着涟漪
一波一波的音符荡漾开来，原野愈发寂静

沙柳枝头被渡上绯红
仿佛水墨，皴染仲夏的烂漫

从晨曦到日落，蜻蜓沿途查询确切的渊源
羊儿静静地反刍岁月

待缘而飞的蝴蝶，等候佳期
确保精准抵达人间

爱——或可卷土重来
有情众生顶礼膜拜

布哈河，逆行的鱼儿
以殉道者的姿态，了却波澜壮阔的一生

夜　雨

雨一遍一遍地冲刷天空
直到把星星上的蒙尘洗干净

麻雀在屋檐下交头接耳
风在擦拭叶子，擦拭湿润的眼睛

艾草更绿、更香了一点
落在泥中的芍药花瓣，映红残梦

一只丢失了影子的蜜蜂
留守于花朵中，等宿醉的太阳慢慢醒来

成　全

躺平后，湖畔的雨滴敲打时间
琴声绕开阴郁上岸

泉水叮咚。逆流而上的鱼儿
用尽所有的力气，赴一场生命之约

人间已是繁花错落
羊群追赶往事。江河迟暮

闪电击穿鸟鸣
转山转水者有栉风沐雨的从容

一朵无辜的花朵跌入漩涡中
是遗憾，还是成全？

倾　诉

把一粒种子，交给时间去定义
用一枚果子遥想来世

这些年来，江湖水深
"昆仑大道"仍被喧嚣裹挟着

的确，我病痛的灵魂已然康复
却仍是痛定思痛

苍苍世间，你流连于时空中
回眸的那一瞬，大彻大悟

我学会了远行和远离
却无法回避各色人物

重新梳妆的灵魂
依旧像一尊泥菩萨

还说什么呢。我重回故地

不管是劫是缘
山雨沥沥，有情众生
看所有的去路都如归途

或者，劫即是缘
缘即是劫

心

一个人，需要按住多少欲望
才能清心度日。这罪恶的人间
那么多人路过我，不吱一声
剩下的人又偷偷溜走
不留任何余地

莫失莫忘

深陷的词语在河水里辗转
是的，难以置信

巴音河畔，我暗恋过的那个女子
正走向暮色深处

她倾心于爱的救赎
将所有的涛声拒之门外

八月，仍在临摹一场邂逅
不拘于任何形式

我试图握住一缕月光
握住内心的狂热和孤独

岸边，风安抚着夜
灌木丛沙沙作响

白杨树举着星光
愣愣地出神

远方多远

我宽恕了尘世
并宽恕了那些跌跌撞撞的词汇

时间不断制造着悲伤
却又在悲伤中安身立命

人们纷纷用石头美化自己
翻越人心者另当别论

沙丘和湖泊之间是小道消息
谁能从娑婆世界全身而退

沽酒归来的那个人
背着月光胡乱地树敌

所有的路都被打上了咒语
走着走着，故乡便成了远方

秋风起

一

城市，被早起的炊烟呛醒
尽职尽责的环卫工人
擦亮了所有的路灯

二

鸟鸣清瘦
露珠放大了昨夜的寒意
虚胖的毛毛虫，吐不出丝线

三

解甲归田的战将
在泥沙中淘金
眼明者心满，手快者意足

四

一枚失落的棋子
仿佛战败的士兵
四处逃亡

五

众生皆苦，唯有自度
心怀诗歌的朝圣者默念草木
江湖无辜

六

虚伪的形容词戴着原罪
听风者言听计从
一边假寐，一边追悔

七

为了死
他又一次活了下来
虚脱的灵魂，形销骨立

八

意识开始下坠
想象悬空
下蛊者大张旗鼓地隐情

九

所有的明媚被形式抽成
他说：此地无银
阿二的恶行有了新的定义

十

时光一再打折
追赶太阳的那个人
瘦得皮包骨头

十一

话里话外都是美意
一场风，被操弄面目全非
直至丢失了真相

十二

再喝一场酒
饮下整日的天光。或者
漆黑的夜，人们才不会矫情

青海湖北岸

昨天，或者昨天的昨天
我们抵达"诗与远方"
在青海湖北岸
那个"圣僧"的"情歌"云朵一样洁白

仙米湾的传说像一阵旋风
被爱加持的生灵游过蓝色的天空
沙柳河的故事广为流传
人们来了又走，走了又来

风翻阅着经幡上浩渺的梵音
青稞垂下虔诚的头颅向大地鞠躬
俯冲的鸥鸟，捞起岁月的馈赠
精心哺育绝世的风情

"半河清水半河鱼"，一寸守望一寸心
好多年了，捕捞者
摒弃盲目和杂念清心度日
白牦牛噙着古老的腹语，从天边走来

转经筒一如既往地传颂着吉祥
回过头来，那些虚妄之火早已覆灭
在高原滨海藏城，旧页码已被重新翻印

写意人生

鹰，涂鸦着天空
垭口传来巨大的风声

小鸟用一次飞翔赎回自己的影子
蒹葭暄软了流年

垂钓光阴的那个人，败给了流水
败给了一条古老的谚语

一些人注定要来，另一些人注定要离去
一来一去便是跌宕的一生

一笔写意，人间未卜
白墙黛瓦是不可或缺的修辞

秋之物语

用三百六十度的红
渲染一次秋天，渲染秋天里风风火火的高原

我想找个地方安顿下来
细数你经过的每一个早晨和黄昏

将所有的黑折叠起来
年幼的豹子翻过山岗

从荒芜到荒芜，你在我心中
仅存的绿洲上写下爱

写下了生命和无常
青稞、土豆从不张扬

你眼底的草木越来越繁茂
而思念，变成了形容词

我的名字

你赋予的孤独，我照单全收
你隐喻的野性，我尽量发挥

浮世太薄，掩不住三千弱水
横平竖直的光阴，长满褶皱

言外之意充满厚望
一部没有页码的辞典诠释宿命

疼痛时我屏住了呼吸
谁站在高处大声喧哗

我听见时间的回声
惊动了生命里不羁的爱情

姓氏里，那些细细碎碎的暖
仿佛一颗颗被加持的珠子

穿在一起
便可持念一生

烟 囱

秋分，正分割着白天和黑夜
芦花一夜间就白头了
固执的红柳拽着残阳，不依不饶

清晨的第一缕炊烟，还染着星光
夜行人在黎明前又回到了故乡
整个秋天，我揣着草原和羊群浪迹天涯

梦里梦外，高耸的烟囱是无法抹去的记忆
一如阿妈挥别的手臂
这一生，我一直在乡愁里裸泳

此岸是血脉相通的故乡
彼岸是诗意绵延的远方

路过人间

学会宽恕，学会流泪
学会在一首诗里安置自己

一个人，站在低洼处自言自语
翻过山岗的那条路，越走越远

候鸟遵从于一场盛大的迁徙
关于重逢，有人不厌其烦地提及

在众目睽睽之下
一束玫瑰，温柔地毁灭了一桩爱情

年迈的庄稼汉哼着小曲
古老的唱词，有掏不尽的苦楚

天气渐渐凉了下来
绕过雨季泥泞的信徒疑窦顿生

患有中年焦躁症的那个人

为秋后青稞预设轮回的路线
我路过人间，看见一扇门被轻轻打开
并为另一桩爱情布下陷阱

自　渡

秋雁飞过时，恰巧有
一场雨打湿了我的行程

流水策划远行，波涛醒目
孤独的索桥送走最后一个通行者

秋色隆重，牧羊人丢失了身份
桂花落了，所有的人都跟着心痛

我在梦想与现实之间无法折中
只好翻山越岭去寻找两全其美

无意拆穿岸边的谎言
它那么美、那么斑斓动人

无意将你出卖给爱情
它那么世故、那么不牢靠

村庄隐瞒了我的身世，而我

仍将拾起命运的波澜，去远山中做梦
拎着那些不合时宜的诗句
于月光中，拾掇被雨水冲刷的一生

原野，剑拔弩张

诗歌之外，词语压低了嗓门
秋天为一种恶行付出代价

鸽子的翅膀沾满灰尘
强者何以生存

假面的悔过者，形销骨立
于风沙中吟唱赞美诗

伤口，渗出幽暗的光
整个夜晚，我为这罪恶的人间羞愧不已

约旦河西岸，那悲怆的歌声
一直延伸到三千年以外

"金色的耶路撒冷"
石头见证了所有的不安和动荡

人们试图避开那些危险的事物

而原野，依旧剑拔弩张
烧到心上的战火
该如何止息

日有所思

把自己交付给黑夜
所有的微笑都是欲盖弥彰

零星的鸟鸣跌落在地上
溅成漫天星光

丢失了身份的牧马人
举着灯火彻夜疗伤

酒过三巡，思念成殇
晨钟，仿佛被加持的闹铃

晨曦叫卖秋阳
早起的鸟儿有着清脆的命名

重新定义的日子
一半是执念，一半是怀想

对 话

打开日记，与旧时光
来一场促膝长谈
岁月枯黄的样子，像极了
一枚落叶。时起时落
我把自己绣在镜面上
所有的话语，汇成汤汤之水

暗　香

循着那段香
我确认过每一盏花开

流水在一夜之间停滞
例外的疑点暗藏玄机

绿萼梅说出唯一的心语
或者，暗香盈袖

初雪隐匿了过多的剧情
哥哥的竹马驰过丛林

篱笆丢失了影子
每一寸相思，都铭刻于心

而墙外冬寒
所有的冷暖，都被一杯美酒注解

不谋而合

捉一声雁鸣下酒，月光席地而坐
大口吃肉的兄弟形色简单

萤火玲珑，所有的秘密
都被一枚黄叶破解

草莽于杂乱处分野
正念的高车轧过风，轧过草原不朽的颂词

诗是前世的隐喻。每一个词语
都可诱发隔世之爱

口渴时，我写下一眼清泉
睡意朦胧的星子许下心愿

我与每一个动词碰杯。世人皆醉
我于诗句中奔跑。灰喜鹊啄破黎明

不醉不归的那个人，举起镶金的酒杯
某一个眼神与我不谋而合

冥　想

大风降温，于我不算什么
高原人早已习惯了在风雪中奔忙

寒流有迁徙的习性
我把它们安置在温暖的文字里——越冬

晨光穿过空荡荡的林子
鸟儿醒了。悬在高处的云朵擦拭天空

时间废墟上，下坠的鸟鸣
有着似是而非的清欢

我虚构一场雪，虚构一个道场
冥想者抱紧自己，拒绝一切外物

这危险的冬天，种子收起旧梦
绿度母依旧慈悲为怀

我反复琢磨一首诗的修辞
试图读出字里行间隐藏的美酒和良方

牧　人

漠风，像一把刀子
割伤牧人的心

那棱格勒河岸，羊群低下头颅
用一冬的时间向大地致哀

人们在隐瞒真相的同时又披露真相
其实，爱情已死

伤心欲绝的人
长歌当哭

善意的谎言终归是谎言
所有的真情被束之高阁

那一声声驼铃，仿佛死亡钟声
响彻雪山戈壁

这摇摇摆摆的人间，生活
除了千疮百孔，便是劫后余生

如你所见

"生活就像爬大山，生活就像趟大河"，所有的境遇总是那样始料不及……

——题记

低处引弓。月亮的手帕擦亮星空
冬天，被一场风牵引
我被生活牵引着，去更远的远方
缺铁的灵魂一度眩晕

脚手架上的日出日落那么绚烂
我却握不住一丝美好
天南地北地辗转
莫名的忧伤袭击内心

岁月给予太多想象
我耗尽一生的气力，修复人间
明天，我仍将于浮世中奔忙
所有的苦痛，与一杯薄酒共担

从陌生到另一个陌生
时光随意地搬运着我的肉身
去时满怀信心，回来仍是两手空空
由来已久的困顿使我随处犯难

人生海海，潮起潮落
时间过于苛刻
潜入水中的鱼鹰吉凶难料

落在纸上的雪

雪落到石头上，石头便成了雪
被指认的草木，有着和我一样粗砺的小名

钙从时间缝隙中流失。岁月失去贞操
易碎的骨头，如何撑起硕大的寒冷

鸟飞到时间上面
远古的说辞仍然圆融无碍

雪落在纸上。一以贯之的风
使虚无的白染上严重的抑郁症

暗　算

我选择此处落笔。穿黑袍的修士行事严谨
有人不识时务地嘲笑时间

丛林中，每一双眼睛都注视着浊世
落在时间上的雪，长出暗斑

撒旦披着天使的外衣四处行骗
屠刀上的光阴呼啸着，刺向光明的腹部

天地在一场大雪后格外清亮
所有的辩词都不堪一击

时间遭遇暗算。失语后
所有的问题都将丢失答案

来　处

我看见诸神灵秀脸庞
瞬间即失。雪山在高处抒情

来处，牛羊复习神性
我不得不静下心来复习人情冷暖

那些明亮的句子，有细腻而光滑的纹路
那些暗淡岁月塞满了退路

我试图用体内的暗斑兑换一些光明
试图握住一缕光线照亮人心

云朵游弋在山顶，仿佛有倾泻下来的危险
羊群正安详地反刍时光

野花开得不着边际。流水生动
我有时间冥想，却腾不出手来触摸它们

小鸟呼唤着伴侣。巢窠里积聚了过多的忧伤
我精心设计的诗句，在杯盏里渐渐失意

夜，或者醉

我把夜色灌醉。光线迷离
21℃的室温小心呵护着一盏茶
寒风在窗外叫阵。灯光与炉火
商讨着什么，我听不清
群星商讨着什么，我听不清

新闻里传来"长征八号"首飞成功的消息
我心里一振。接着
又是"新冠"疫情的报道
我心里一紧

其实，我更关心一场雪
希望就下在今夜，以缓解我身上的旱情
跑墒的土地和干裂的嘴唇相互抚慰
我被遗弃在时间外，兀自衰老

恍惚间，急救车的鸣笛碾压了风声
夜更深沉。我想起了当年
把夜生生"咳"亮的母亲
还有前些天，因酒驾一命呜呼得陌生人

倾　斜

大雪掩埋了冬天的骨殖

声音开始破碎。打坐的石头闭目凝神

我仿佛读懂了石头的沉默

夜色苍茫。光阴向南倾斜

风像一场旷世抚慰

酒杯举起的致辞，正合我意

侧身进入春天里

风在撞钟。时间冷峻
寒潮还在发威
冬天设下的残局，谁来破解

这颓荡的尘世
有人贱卖光阴，有人贱卖人情
有人小心翼翼苟活一生

想象的滤镜，滤不去灵魂的暗斑
被禁足的词语无法描出新意
我只好退回到现实中

抱紧温暖诗句
于纵深处聆听春天的跫音
燕子衔来潮湿的意象

野花、飞虫和饥饿的豹子
不止是修辞

单行线

风在起舞，于寂静处
轮回的车子绕过转盘
驶入命运的单行道

红灯停，绿灯行
这走走停停的一生
"你轻捻指间揉碎了我"

我与我的前世失之交臂
我与我的今生不期而遇
那么来世呢

宿命的回环又转到原点
越过现实与梦境
仰望之人，记住了苍穹

昆仑山观想

清晨的阳光让鸟儿去复习吧
雪山白得太过耀眼

漠风，飞雪。春秋轮回
谁的颂词气势如虹

卓玛的"拉伊"飘着牧草的清香
漫山遍野都是响亮的回答

落雪的傍晚，我围着炉火
仔细推敲一杯美酒的诞生

这么多年了，我一直用镜子抚慰皲裂的表情
青稞酒，安抚更深的焦虑

美，不能标价
这令人抑郁的年代

智慧与道德无法驯服野性的风

野性的风随意而盲目
冰雪统治了我的眼眸。满世界都是谎言与悖论
那么，谁能言归正传

宿　醉

此刻，我觉得该原谅点什么
原谅曾经么

初雪降临。我悲伤地发现
身体里已然兵荒马乱

原谅那些热烈吧，还有蓝色寂静的火焰
或者，万物都值得原谅

所以，词语行善
悖论与荒谬开辟新的路线

我坐在昨夜的宿醉里发呆
时间如此辽阔

多少次，我败给了一厢情愿
说什么身在江湖

痕　迹

现实的风与想象的雨
同样令人心生不安

我懂得雪山的魅力与危险
流水和智慧纷纷改道

"凡尔赛人"不露痕迹
不明就里的人竖起耳朵旁观

月光洞穿黑夜的脏腑
一个词语掠走了大把时光

还有什么比寒星更寒？我像个
不合时宜的孩子，被鹰笛引向秘境

雨　水

此刻，适合畅饮
适合在江南的花阴下宿醉

流水无声。飞花落满青涩的眼眸
中年的残梦里住着大漠孤烟

长河落日逼出身体里的朔风
二月的高原依旧冷峻，雪花散漫地飘着

一片，一片……
义无反顾，不留余地

思

如果，每一次相遇都是前世的约定
那么来世呢？

我在他乡抛售完青春
被雨淋过的梦想潮湿而忧伤

我们需要不断纠正自己
拔出身体里尖锐的骨刺，以观后效

爱情仿佛是个虚词。形而上的风
掠过寂静的湖面

感情跌停。春寒无法回避
高处的寒与低处的雪被混为一谈

那棵被世俗省略了的落叶松
比红尘中任何人都要纯粹

红　尘

我们把目光投向哪里，哪里便是生活！
　　　　　　　　　　——题记

一棵树到底有多坚强！只有根知道
一个人到底有多孤独！只有心知道

这高高低低的人间，天地苍茫
人们与世无争地生活着

左手是披着星辰的晨曦微露
右手是戴着月光的一身困顿

日复一日。黄风不断搜刮土地的墒
倔强的草木向死而生

逆来顺受羊儿，恬淡地反刍时光
这起起伏伏的尘世啊——

悬　念

吹了又吹的风终于安静下来
沙尘毫无原则地悬浮着

这动荡的春天，我亲眼目睹一个圆的死亡
黄沙与草木展开零和博弈

对与错暂且不论。我只关心
一场雨来临的轨迹

黑夜里，我反复纠正时间
疼痛时，我喊出自己的空

当流水义无反顾，冲破寒冬的壁垒
山谷里，岁月制造出更大的悬念

当雨滴砸在坚硬的石头上
灰白的大地，会不会开出香艳的花朵

断 点

我不是诗人，我是诗歌里修道的人
跋山，或者涉水
翻越万千诗意

文字的江湖烟火纯粹
时间仿佛很慢。未完待续的花朵
有幻灭的危险

放逐之城
忠于诗人的词语，患上了歇斯底里
爱情，于沉默处沉默

空空的夜，我除了缅怀一些句子
也缅怀初遇。那时的月光是干净的
但是，天上人间

拔地而起的风，裹挟着过多滋味
众声喧哗中，我独爱一蓑烟雨

处 方

日子病了，四体冰凉
哮喘的冷空气，一阵接着一阵

那些变异的雪和动词
寄生在字里行间

营养不良的形容词弱不经风
我只好回到旧梦中，文火煎药

两粒鸟鸣、三寸阳光
一江春水和十万亩花朵……

少许禅悟作引。美酒送服
宜静心、寡言、写诗

忌反复、诳语
和执念

春之忌

春雪初霁，窗外的四月
依旧有着冬天的陡峭

天空中，直线下垂的寒抵达高原
一些草木和它们的名姓，等待复活

荒丘、废墟和枯枝。青藏落寞的表情
我们向着阳光出发，在岁月暗影里追逐细节

但细节拒绝被访问。深夜里
我用美酒安抚灵魂

所有的生命都是卑微的
从"死亡之屋"返回人间，需要足够的勇气

风刀子般横在门口，随时
都有破门而入的危险

格格不入

晨钟刚刚敲响，我的心就被暮鼓拽了一下
僻静处，一些小鸟持续添乱

《遥远的救世主》是否真能救世
重回故里，恍若已是隔世

桃花矜持地豁出自己
但是，图穷匕见

我被白银黑铁硌得喘不过气来
灵机一动，又是落英纷纷

仿佛，我与这个世界天生冲缘
所有的风雨都向我倾斜

慈悲让我差点丢了自己
年久失修的名姓，需要重新装订

那么，谁能省略暮鼓敲响晨钟
我已沉睡，星子再一次替我失眠

闪　失

风沙过后，时光在歌喉里暗淡
众生躲闪不及

隐忍，或者爆发
生命正孕育着一场伟大的潮涌

自从爱情走失
说唱艺人纷纷在美酒里追忆

而那颗会唱歌的石头
不知去向

想象与现实

薄醉后，我便去法门外寻梦
打坐，忏悔
救赎十恶不赦的肉身

谁能从畅销的恶习中抽出身来
明辨是非
被加持的木器闪着光芒

想象与现实只隔着一层梦
风依旧散播着小道消息

真相是真相，传说是传说
真相与传说之间
有人扬鞭催马

叶

你说真水无香，我信了
有清晨的露珠为证

你说叶子会说话，我也信
有你眼眸里的绿为证

你说你的名字是"叶"，我还信
有漫山遍野的花朵为证

你说叶子会死，我不信
它只是在泥土里打坐，秋风里飞升

许久未见

我站在一首诗里仰望星空
看文字溢出璀璨的泪滴

无非是一场旷久的等待
星子的低语超出了人们的想象

默许，或者接纳
态度并不能决定一切

你眼里呈现一片缤纷的原野
心思翠绿，繁花错落

许久未见，巴音河
翻涌着金色的回忆

鱼和鱼互为挚友
没有什么秘密可言

别离是后来的事

河岸上，牧马人花光了所有的青春
谁在深夜以诗为岸
晨光中，我看见一只雄鹰在空中翱翔

转　场

我不是牧人，也不是牧师
我只是一个游离于俗世的行吟者
其实，牛羊于我的意义不过是牛羊
而山水于我，不仅仅是山水
远景隐隐，我以自己的方式
置身其中

以酒为伴，游牧者浩浩荡荡
这佛意绵绵的高原
天空与云朵相互为禅
百花与枯草，相互为禅
跪拜，或者打坐
并非重中之重

转场是必修的课程
执意为雪山命名的人
终成了雪山的子孙
青稞，糌粑
不图虚名

放逐自己

路过一座城
城未必要多繁华
只须有一条河，一堤柳

河上要有霓虹
柳上要有燕雀
风尽可能柔软一些

要有一个人
相互用目光温暖着对方
抵御随时而来的疾风骤雨

要有一片草场，零星的花朵
花不一定要多香
但要开得清新可人

要有美酒，和佐酒的情话
"不一定要说同样的话
但心中要开同样的花"

要诗意氤氲着落花
要灵魂浸润着流水
放逐之城，不一定在天涯

或者，有把伞会更好
用来遮挡阳光和雨
遮挡众人艳羡的目光

醉，或者不醉

又一次豪饮，与红尘深处
月光满盈

从荒芜到更加荒芜
心中寸草不生

原野变成花海是后来的事
深谙世事的毛毛虫，幻化成蝶

想必，独饮者别有隐情
包办的行程山水会不会懂

钟爱月光之人，败给了一席美酒
醉，或不醉。江河就在那里

放牧心灵

天地融合
巨大的键盘上跳跃着金色的音符
鸟鸣倒像是休止符

我用自己的方式横穿千山
或者，云将作雨
而草木无声

歌者的喉咙结满了果实
嘴唇一动，满世界都是青稞的芬芳
酿酒师精心调制着乡愁

把乡愁还原成炊烟
心中便呈现一片丰美的原野
金丝雀衔着牧歌，眺望远方

文字的江湖

好多年了
我一直在文字里穿行

所有的悲喜，所有的恩怨
都摁进词语的缝隙中

行走，或者驻足
无关紧要

到处都是傲慢与偏见
或者，时光无痕

回望那张丧失了姓氏的面孔
与岁月重修旧好

谁爱上江湖一样的日子
浪迹天涯

在文字的世界里
我自风情万种，不问来世

病 人

九月，漠风盛行
体弱多病的牧马人面容憔悴

盗汗，惊悸
食欲不振

病入膏肓是后来的事
无处不在的菩萨一声不吭

而"我不是药王"
那么，谁能妙手回春

方士的丹药疗效甚微
祖传的秘方实材难觅

积重难返的牧马人
蜷缩在文字中，以毒攻毒

随遇而安

西出阳关
追随那抹初露的秋色
众生在天高气爽中打盹
反弹琵琶的飞天
在佛法中顿挫

一路向西
沿途的山水在车轮下转动
眸中的旷野
开满金色的花
那个转山的行者
心思重重

天空象秋水一样明净
鸟儿，云朵
在佛法中生动
摊开手掌
我在前定的纹路里随遇而安

冥 想

立春过后
掌纹里的旱情越来越严重
肉身脱水，无人过问

我匍匐在平行线上
冥想：一颗石头如何发芽

徒　步

走出喧嚣，走进旷野
走过生命中的每一寸山水
感悟人生，感怀岁月
感恩春天里的每一次相遇

我行走，执着于轮回
我寻觅，执着于善念
而你眸中那抹春色
浸染了谁的旧梦

或者，徒步是另一种修行
踏遍万水千山
任那沿途的风景超度内心
任那虔诚的脚步参悟路途

从冬天走向春天
脚下落英缤纷
从浮躁走向宁静
心中之意绵绵

杯　酒

月圆之夜
我在一杯酒中
与自己握手言和

窗外百花错落有致
屋内美酒芬芳四溢
爱也好，恨也好
就在爱恨之间，佛意绵绵

谁能在天地之间独享其尊
修心也好，养性也罢
我越过世事，找到另一个自己
孤独是石刻
一夜暴瘦

一醉方休

立春后
雪花带着故乡的讯息
飘飞在季节之眉
三言两语
母亲的叮嘱温暖了远方

温一壶老酒
敬天地万物
让所有的心语充满爱意

问一声春天——你好
三步两步
我在滔滔的春声里
一醉方休

守　住

无意看日出
我更喜欢天边的那朵云彩
每一粒尘埃，都那么完美地存在

一场唯美的盛宴
暗含着多少悲欢离合
曲折的风，穿过命运的中堂

我没有翅膀，巡视苍穹
但我有无与伦比的想象
鱼儿一样，遨游在生命中央

用无数次呼吸，守住七秒的永恒
尔后，守住失误和误解
守住一个天花烂坠的死期

开　垦

我以拓荒者的名义
开垦自己
开垦，混沌中那抹迷人的俏色

捧出想象的刺芒
扎破刹那生灭的悲喜
天地有序，万物有踪

我在空山中
涅槃的火焰肆虐身心
你仇视着我
如同仇视被误判的锋芒

而拓荒者依旧在寂静中欢喜
前世，今生
形色苍茫

修　行

仍然需要一场远行
仍然需要一首伤感的歌，安抚虚脱水的灵魂
沧海，或者桑田
季春的高原依旧神经衰弱

清明后，江河涌动
谁在反弹琵琶
奔波，或者辗转
诗人的道场，永远在路上

风和雨相携而来
蕊在花朵里孕育一场蓬勃的香
在这寡情的世界
谁辜负了谁

还是那场出行，还是那首歌
还是那只银盏
醉，或者不醉
远方依旧在远方

无 题

我慕名而来
用一枚随意抛出的硬币预测吉凶
燕雀，鸿鹄不期而遇
在一粒脱水的种子前面面相觑

白唇鹿走失在空山之中
对于爱情毫无把握
山川，河流
相互质疑

温顺的花朵侧耳倾听
酗酒的汉子与岁月拌嘴
输赢都无关紧要
善男信女们纷纷驻足

放 下

从朝霞中撷取温暖
在夕阳里打捞过往
晨钟，或者暮鼓
那些岁月里细细碎碎的风沙

谁是谁的江南
谁是谁的雪原
谁的风月里烟火无限
谁能把世事放下

我一转身，身已在天涯

吹 落

被月光放逐的人还在远行
被温情灌醉的人还在呓语
被挤到边缘的人
等待一场雪

诗人是善良的
将一场雪恰到好处地下在干涩的眼眸
在苍山，在碧水，在季节之外

任性的鹰隼衔着雪花远走高飞
暴怒的北风横扫笔尖
把蓄诗的句子，刮得七零八落

活　着

猎人的荷包里装满火药
下一场猎杀，是迟早的事
火焰在图腾中燃烧
那些行走在信仰里的人们
思潮蓬勃，仿佛春天的那片田野

被文字耽误了大半生的人
仍旧执着地贩运着灵魂的香料
守株待兔的浪子
在一棵树的光影里
遇见自己

人　间

烟火是烟火，柴是柴
滋味是滋味，菜是菜
岁月并不使粗俗的欲望在流光里凋零
水肿的想象落下病根

轮回，转世
闪转腾挪，总有小鬼当道
潮来潮去
盛过月光的杯子
盛不下满地鸡毛

沧海是沧海，水是水
桑田是桑田，麻是麻
悲伤逆流
一杯酒，如何了却一生情缘

牧（组诗）

1. 牧春

我承认我撕裂过自己的灵魂
借着草原的广袤
我逃离雪山，逃离死寂
寻找梦中的那片原野

种下一个信仰
读书，写字
从初一到十五
从北风凛冽到春意融融
梦中的花朵开合有度

牵一匹白马，追赶落日
追赶掠过垭口的旧时光
沿途的草木清秀
燕子一来，桃花就开了
满世界都是美人的笑

2. 牧风

大雪过后，冬眠的种子蠢蠢欲动
风从东方吹来
没落的寒流节节败退
大藏经，大慈大悲

何年何月
有人打坐，有人燃灯
更多的人如沐春风
虔诚的信徒双手合十

3. 牧雪

一夜之间，工匠把银子撒满高原
远处的雪山名副其实
牦牛像经卷里的逗号，顿挫梵语
铃铛响处，雪化成水
牧人的长笛飘出古老的情歌
晨钟、暮鼓
知音难觅
诗人的爱情无疾而终

4. 牧月

仰望天空，星星一如既往地含情
神灵把法器高高擎起
警示众生。月明如镜
自惭形秽者纷纷隐藏姓名
牛羊一五一十地反刍
失恋的牧人对月成饮
三巡过后，潦倒在一串马蹄声中

5. 牧心

东风来了，草原笑了
万物在一个词语里苏醒
贪杯牧人在花丛中日斟夜酌
烈酒在心中升腾
往事在酒杯中香艳
背水姑娘的情歌唱醉了晚霞
夕阳下，歌比酒浓

6. 牧空

燃烧的篝火释放着吉祥
金色的翅膀在夜色中浴火

我是谁，谁又是我？
月色勾兑的美酒醉倒了众人

潮起潮落

精于算计的人们个个热情

有人用是非糊口，有人用是非赚钱

更多的人直面惨淡人生

工匠的手艺炉火纯青

重建的铜镜，映照三世因缘

平庸者大张旗鼓的隐情

7. 牧诗

绿色的窗帘

是你挂在心中的春天

过目不忘的孔雀

心事艳丽的菊花

远山、近水

风生水起

多情的诗人，策划一幅庞大的山水

你静坐在山水之外

独享其美

月光，照耀搁浅的灵魂

走了这么远
不为在途中遇见谁
只为在紧要关头
把那些陈旧的日子翻出来透透气
不至于回忆的时候霉味过重

所有的人都逃离自己
到纷繁的世界自寻死路
为防止骨骼过早地腐朽
我走进诗歌
走进自己錾刻的墓志铭

面朝大海，聆听涛声
聆听种种贝类低沉的合音
让月光照着搁浅的灵魂
此刻，没有谁比我离自己更近

格尔木文学丛书 （第四辑）

GEERMU WENXUE CONGSHU

第二卷

风　物

光　影

时间泛黄，在遥远的记忆里
岁月沁出浑厚的包浆

年华触手可及
被治愈的恋情长成雏菊的模样

空荡荡的城市城门大开
过劳而死的那个人，风一样消失

跟风者诡异的眼神扫视空洞人间
神情漠然

逆 袭

加持后，我便在光阴里打坐
夏天从身体里一寸寸溜走

晚风很轻，蜀地的月光湿气太重
鸣蝉风不干夜露

流水叵测，落花里的诗意
在木笛的回声里悲喜

梅子已黄。秋风送来金色的糖果
草药和坚果都长成我想要的模样

酒过三巡后
黝黑的肤色下，生命葱茏

知情者

"文火煎药"
将体内的暗疾和毒素统统排出

搬走记忆里所有的荒芜和石头
让清风吹进城市中心

人们站在生命的高点
保持微笑

时光无比轻盈
鸟鸣与花朵馥郁了整个季节

那花、那草、那明亮的街市……
是谁还原了大美河山

谁还在一心修补着岁月
知情者纷纷膜拜

草木无声
一束光，打亮众人的眼眸

仰　望

烟火诡异
在欲望丛林，我踟蹰过

谁能越过人性
越过秩序和律法抵达彼岸

美食以另一种姿态呈现
剧情一再反转

仿佛我是另一个我
仿佛，人间是另一个人间

天空铺满了写意，铺满了
诗性的想象

顾念闪烁，一如生命中细微的暖
起伏，跌宕

我写下一些醉意朦胧的句子

抑或，逻辑错乱
整个夏天，我一直在
那些东倒西歪的词语里纳凉

酣睡处，大片大片的蔚蓝和白
此起彼伏

鸟　鸣

饮酒，写诗，望月
策划一场雪

秋，从树梢跌落下来
鸟鸣谦逊

我脉管里有奔流不息的河
流水婉转，涛声醉人

刻进生命中的那个名字，按兵不动
孤独恒常如新

谁荒芜了谁的岁月
云朵甩下一句话后，竟自远去

围猎者制止了一场雪
阴差阳错，抑或缘起正见

一些草木，无意间
延续了高原明媚的香火

农垦记忆

九月，鸟鸣清秀
大地写满金色的诗句

青稞已经长大，麦子
大豆以及油菜籽占领了更多的领地

精耕细作，田间管理
面对黄土那些人重新回到了想象中

有人牧马，有人播种
有的人挥着锄头虔诚地修行

后来，镰刀隐藏了锋芒
机器的轰鸣替代了它们

而当年那颗老榆树，仍旧站立在那里
认真地讲述着"辘轳，女人与井"的往事

借一缕秋阳

认领一棵树，认领一个影子
认领单反里盛装出席的秋色

或者，群山静默
"清风明月无人管，并作南楼一味凉"

呱噪了一夏的老鸦，纷纷装聋作哑
何必怪罪秋天

那些站不住脚的意象
冰冷，易碎

不如喝酒。我一醉
万物都跟着跌跌撞撞

鸟鸣休止了黑夜。词语响亮
心怀诗歌的那个人凝眸远望

一条自行远去的路

东头是故乡，西头是远方
酒杯里全是缤纷的句子
落款处，一抹秋阳若隐若现

今又月明时

此刻，我向一杯美酒摊牌
月饼和糖果为时间辩护
风像个不守规矩的旁听者
扰乱秩序

那么……
何不乘一江月色
打捞起那些漏洞百出的诗句
细细体会

而思念如灯。所有的回忆里
每一帧画面仿佛都上过滤镜
海上的月亮照耀着我
谁坐在中年阔大的天涯里潜心修行

何必为来世耿耿于怀
今生如果足够美好
我将收起那些忧伤的词语
于时光深处，复习温暖的人间

我无法谢绝岁月的盛情
你提着满城的月光
在秋天里游吟，不痴不嗔
无喜无悲

时光之痕

午后，阳光凝滞
钟摆停顿于想象之中

虚构的窗子
在额头上渐渐衰老

旧木门上的时光
粘着杨柳遗弃的影子

行走在秋阳下的鸟鸣
与目光相撞，溅起纷飞的叶片

土豆钻出地面，做着深呼吸
风安抚着苍老的树冠

一段古城墙。仿佛荒芜了千年的岁月
被人们重新提起

消　费

来杯女儿红
消费那场十八年的豪等
我举着光阴的酒杯，乘兴而来

你聆听着众神的慈悲
诵念祷词，在岁月的缝隙里
虔诚地击溃自己

叶落归根

穿过荒芜，穿过丛林
穿过杂草丛生的前半生

生命业已斑驳
青稞丢失了原有的身份

很久没下雨了，轮回里
有众多的旱情需要归置和码放

而冬已逼近
那么，就期待一场雪吧

时间早已枯黄
我掏出骨头里仅有的倔强与命运对峙

夜风吹灭了灯盏
朝圣者举着火把踽踽前行

痛恨月光的那个人
却成了月光的信徒

在岸上

春去秋来，今夕何夕
我生命里藏有过多的悲剧

秋风纵容了每一片落叶
蝴蝶舞出应有的姿态

岁月毫不留情
时光之手，摩挲已然老去的面孔

我将生命中唯一的按钮
交于退路。故乡在道路两旁挥手相送

所有的来路都落叶纷纷
我站在岸上，看潮水奔涌

谁领着清瘦的影子，重回高原
随着初冬的寒意，一场小雪有模有样地飘了下来

今又重阳

风马飞向风的故乡

思乡之人望着远方

鸽子的翅膀反射着初阳的光芒

忽明是企盼，忽暗是惆怅

我坐在锅炉旁，看暖壶煮沸忧伤

斟一盏美酒，一口咽下所有苍凉

掌心里升起当初的月亮

而我，仍旧把故乡丢弃在远方

末日之光

天堂塌陷，地狱之火无限蔓延
沦落者唱着赞美诗，自欺欺人
盲从者，追着末日之光亦步亦趋
圣子——那个被信徒们一再出卖的受难者
重新被钉在十字架上

谁还能拯救世界
流亡者用汗水洗刷罪名
操弄权术的人玩起了易容术
他一脸无辜地站在人间
装聋作哑的两面人露出难以置信的表情

末日审判即将来临
一些悬念呼啸而过
"生存，还是毁灭？"
所有的问题，都迫在眉睫

从一粒种子说起

许你忽视秋天，许你忽视冬天
如果春天来了
可不可以许我在长梦里
保留意见

或者，所以……
时间跌落。一粒种子翻身起来
整个夜晚都明亮了

树荫下，老人们掰着指头细数岁月
一些虚词被随意丢弃在路边
瞧，那深深浅浅的一生

任你积攒再多的果实
都无法填满
生命中纵横交错的沟壑

寒　流

冷空气说来就来
仿佛早有预谋
全然不顾温暖的诗句

"高大陆"耸了耸肩，面无表情
几只落伍的候鸟向着天空啼鸣
从头到尾，我总是一厢情愿地饮酒、写诗

秋阳无力地扫视大地
流水婉转地应答岁月的诘问
远方的远方，一场雪轻扣季节的门楣

候鸟，攥住冷风
回想时光里走失的部分

人们纷纷逃离，又回归
这烦乱的尘世

那么多人想夺路而逃
仿佛，深远的孤独经不起吹拂

时间补丁

死亡那么遥远，比远方还远
获救的形容词擦干身子，于炉火旁打盹

一些事物仍被淹在水中
旱鸭子率先学会了浮水

如今，我无法写出肥美的句子
满腹忧伤的拱桥静观世事

惊魂未定的泥菩萨
施舍出更多的供品

死里逃生的小道消息
有着体面的名称

传言那么不牢靠
时间扑面而来

侥幸攀上枝头的果子

仿佛看透了生死

死亡如此之近，比读书声还轻

我转过身去，却已无法拥抱自己

雪花的猜想

天气说冷就冷了
清晨的阳光过于稀薄

鸟鸣的碎屑落在地上，人间一片苍茫
我与一场雪对视许久

园中，那棵瘦弱的梨树晃了晃身子
莫名的忧伤就长满枝头

时针爬上 9：05 的高处，欲语还休
岁月仿佛更沧桑了些

阅读了一夜雪花的眼睛
再也读不懂阳光惨白的偈语

咸菜，锅盔和燕麦粥
形同虚设

宿醉的形容词，结成冰
凝固了整个上午

枫叶情

时间长成火焰
镶在金边的岁月上
"死亡周刊"发布醒目的标签

原野寂静。树木举起山丘
太阳从高处落下来
染红了我的头发

谋 生

我和春天一起降生
那时，雪还很盛
星星的碎片缀满大地
麦子开始抽芽

翻地、播种的那个人
一味地付出
却不懂痛定思痛
小狗向着鸟儿飞去的方向乱吠了几声

后来，我用青色的豆荚
喂养自己。太阳沐浴在湖中
天光洁净
谁举着青稞大口大口地反悔

夏天，一场雨
打湿了猝不及防的我
遭雷劈的那个人其实不坏
人生总是那么悲催

或者，他替心怀叵测者受过
我看见作恶多端的人各个活得心安理得
事实就是如此
这该死的人间……

她依旧在十字架下虔诚地祷告
为他人、为自己、也为万物
日复一日。她离天父越来越近
离自己越来越远

草莽和人群，使生命变得扑朔迷离
她终还是丢失了自己
包括灵魂和影子
只剩下空洞的肉身，晃动人间

我扦插的那棵小树苗
一点点长高
并不茂盛的枝叶，伸向天空
仿佛要采下一片蔚蓝

直到某天，人们在绿荫下
纳凉，或闲扯
扯着扯着
把自己就扯了进去

有人盲目傻笑，有人盲目乐观

有人热衷于弦外之音

更多的人漠不关心

甚至粮食，甚至余生

我学会了与石头和荒野对话

学会了阅读星空的秘语

一直说到兵荒马乱

一直读到草木皆兵

那一天，雁字吃力地涂鸦着晴空

这才意识到秋天已然深入到体内

荒芜在心中蔓延

一场巨大的寒冷或已逼近

落在我眼里的雪，越积越厚

生命因而冷峻

谁还在大事化小地陪笑

钙化的表情冷如生铁

我原谅了学舌的鹦鹉

也原谅了那些不肖之子

而大地早已封冻

碎了一地的梦，拼不出温柔的故乡

我只好燃起废旧的往事煮酒，御寒
并为一垛麦草的安慰提心吊胆
报纸老调重弹地重复昨天
火炉给不了我要的温暖

多年来，我常常与影子对饮
常常醉卧纤尘。绝口不提爱
它那么无辜
又那么沉重
转过身来，四季便缩略在一张纸上
而我，仍像个题外话
站在事物的对立面
一边饮酒，一边读诗

这跌跌撞撞的一生
我经历了许多人，许多事
或者，我将一文不名
而诗人的灵魂永远不会贫穷

"冬天来了，春天还会远吗？"
漠风再一次穿过胸膛
羊群披着厚厚的雪逃离严寒
是否来年，会有另一个我
重新降临在春天

我不介意和麦子一起重新成长一回
我仍会行走在这些歪歪斜斜的诗句中
一边谋生，一边望远

立冬，又一次晚点

昨夜，一场雪
毫无征兆地宣布高原的冬天
纷纷扬扬。仿佛
一些溢美之词，撒满人间

"立冬"，依旧姗姗来迟
我们早已习惯了在秋天"过冬"
雪花飘落在诗人的瞳仁
一些事物开始发光

从此，美的哲学有了新的释义
小鸟轻如音符，弹奏"冬之奏鸣曲"
时间忘记了匆匆

光阴的故事

有些地方我永远无法到达
有些方向，我无从辨认

或者，无法到达的地方别人已替我到达
无从辨认的方向无需辨认

一场梦，悄无声息地将我带回了村庄
曾经烟火茂盛的故乡，凋敝在时间外

岁月最是无情
所有的美好被撕得粉碎

我摁住了思念，却摁不住跳跃的句子
纷至沓来的往事，仿佛雪

山丘在一夜间就白了头
入土为安的豹子重新现身山岗

叶子，扁舟和银器
须臾间变得无可辩驳

冬天，被一场风牵引

夜，冷作一团
流水更加曲折
凄凉的唢呐叫醒长夜
叫醒送她最后一程的人们

一个人需要隐藏多少苦痛
才能救赎这一生
这沟沟壑壑的人间
我幸运地成为诗歌的信徒

寒风吹彻。失去亲人的那条路
走向空山。山峦含黛
仿佛开启了天国之门
夜被星辰牵引，渐向黎明

我卸下眉间扬起的风
为她撒下第一锹黄土
悲伤挂在胸口
所有的爱恨，都将入土为安

白　话

一觉醒来，我发现
千万只马蹄在身体里奔腾
向东的，向西的，向北的，向南的……
像八面来风，到处都是虚晃的影子

许多脚印都累死在时间上
如同许多时间累死在脚印上
我大发慈悲，将所有的亡魂安葬于文字中
并写下虚拟的悼词

时空突兀
谁一头扎进了混沌世界
"白"是一个玄妙的词
岁月捧出一个个悬念

那么多人
那么多事都已入土为安
而我，依旧跌跌撞撞地奔忙于浮世
这多么幸运

十二月一日

雪落到时间上。时间轻寒
我窝在掺水的温暖里
喝喜欢的茶，读喜欢的诗

诗句中藏着花香
满屋的芬芳碾碎了寒意
我忽略窗外的雪，与词语攀谈

或者，一场更大的雪
正在酝酿中……还有回旋的风声
它们穿过生命，抚摸我冰凉的一生

说起来，文字里的春天开始发芽
我安静地怀想一场雨
怀想雨后细碎的明媚

长在心上的灌木
次第花开

逆 光

时间逼仄
朝圣者披着风尘一路西行

生活总是那么写意
横向的岁月和纵向的人生充满了禅意

暮色外，夕阳煮沸了波澜
风与盐粒足够虔诚

你遗世而立，像极了顿悟的佛陀
或者，逆光才是生命最好的背景

下一秒，那炙热的的目光会不会温暖余生
远端的山势绵延着往事，起起伏伏

旁观者

风侵蚀着岁月
早年的城堞沾满了月光，不提一字辉煌

战将已死。他们的子孙丢失了勇猛
战马丢失了奔腾

长戈化犁。沙场长出的棉花和粮食
摁住了厮杀。旁观者调整了姿态

尘埃或已落定
匈奴和他们的单于在时光里叹息

雁字安抚着云朵。一场雪飘在历史的天空
刀剑收敛了锋芒……

傍　晚

夕阳叫醒了街灯

美酒叫醒了我们

诗话叫醒了另一种人生

温婉，或者倔强

被一次次举杯折中

其余的时光，都是显而易见的部分

回望 2020

礼佛后，我便回到山中过活
森林威严。豹子巡视洁净的领地

众生如常。哮喘的老人席地打坐
风奔跑着，扑向形而上的火焰

为社稷献身的长者幻化成山脉
石头，羊群和草木都是他的信徒

布施的鱼群游过眼眸
这风风雨雨的人间，到处都是强颜欢笑的花朵

作为草原的仆人，我一直听命于日出和日落
那些错乱的形容词，与我无关

静静地……

深夜写诗。月光的词语
格外堂皇
风声先于我的想象抵达纸上
钟摆认真地刻画着时光

我保持着孤傲与洁癖，拒绝狡黠
动词搬出炉火
星星只眨眼睛，不说话
夜的静，像极了宗教

草稿和书籍都有了佛性
骆驼与野牦牛连夜寻找水源
黎明诞生。谁能通过日出撇清原罪

我在一首诗里，做一次辉煌的旅行
把山水还给山水
把远方还给远方

流　失

我身披秋色，于人世间辗转
那些无缘无故的爱，渐次凋零

流水预示着什么
岸上的草木目睹一场死亡

我心怀天地，横穿万水
设法把洗不净的肉身清洗干净

受难的石头在河滩上腐朽
一如青春，一如爱情

而风的去向预示着诞生么
这静谧的所在，我不敢大口喘气

异乡人拎着疲累，四处奔忙
磨刀霍霍的那个人，企图谋杀时光

居家隔离

冷链，包装，阳性
我被这些突如其来的词语包围

疫情犹如钻营者，无孔不入
我只好回到内心深处静观其变

居家隔离，核酸检测
等结果。在风言风语里明辨是非

风声鹤唳也好，草木皆兵也罢
这复杂而矛盾的人间……

我坐在时间上空想
煮诗，饮酒，观风向

寒流威风不减。朔风
搜刮着为数不多的暖

小鸟放牧着天空。形而上云朵
包含着多少忧郁和愤懑

伪装成狼的羊

漠风凛冽。披着狼皮的羊
行在山岗

三步两步
心虚和胆寒使它难上加难

而失真的獠牙
早已暴露了身份

虚构一场非虚构

酒醒后，我便去古井旁
竹篮打水
口渴、内急使我心烦意乱

我非圣贤，身体里放养着众多
草莽和走兽
惊涛与尖叫，惊醒了众生

想象的幻灭源于不洁的火种
昨天也只是废墟
所有的颂词都是言语之罪

没有什么比心死更令人绝望
时间过于苛刻
钻营者更擅长易容术

虚构的镜子太不牢靠
假面是世上唯一被推崇的游戏道具

春回高原

一伸手，就碰到星星
一回头，满川的绿就涌进了眼眸

春天展开宏大的叙事
民谣在马背上撒着欢儿

鹞鹰倾巢而出
冷火、白沙、风逃出丛林

月光的杯子倾泻诗意
抽身而去的"冬"丢下惨白的壳子

雪峰伸了伸懒腰，放出众多河流
一头豹子披着金光，翻越了唐古拉

光，或者其他

那夜，星星认出了我
山的影子遮蔽了大半个世界

《献给阿尔吉侬的花束》香飘人间
黑暗、丑陋和匮乏列队膜拜

词语行善。人们极力掩饰荒诞与无知
有的虚张声势，有的不遗余力

怜悯与同情无力挽回残局
我独爱那些"犯罪式过人"

让时间摧毁一切吧
澄清，迫在眉睫

春节杂感

爆竹引响小城
四面八方都是烟花的和声

而新的一天竟如此安静
昨夜酒后的暴行使整个夜晚失去了岸

猝不及防的降温，让雪花有了回旋的余地
时间擂响战鼓

中年的眼眸里只剩下仓皇
全世界都在忌惮病毒

一些人偏爱悲剧色彩
固执己见的人更善长诡辩

钟声敲响时，羊群把牧人交给了鹰
雪域高原已不再纯净

语言是一堆又一堆废话
沉默如金的，只有时光

春天的声音

风一夜一夜地吹
冬眠的河流伸了伸懒腰

生怕落伍的沙粒，忙着搬运自己
潜伏的叶子不动声色

"春天在哪里？"
阳关外，没有确切的回音

羊群把牧人赶到山坳里
冰雪识趣地退回到山顶

一野的风围拢过来
空无一物的山谷，叫出了声

春天的地址

一场风暴后，天空如洗
沙粒沉淀在岁月的稿纸上

时间威严。我在词语里做一次精妙的腾跃
窗外高悬的世界便有了佛性

小鸟轻啄黎明
哗哗的流水，不绝于耳

风还在吹。兀自摇曳的树枝
与春天取得了联系

黄　昏

风——还是风
这是一生绕不开的梗

云彩微微晃动着
追赶太阳的那个人忘记了顿挫

山外还是山，何处是尽头
时间也会拐弯，但不分平仄

逼迫知道真相是残忍的
急于回家的羊群走上了歧路

还没回过神来
风，就把天吹黑了

午 夜

"午夜的收音机，轻轻传来一首歌……"

——题记

拾掇完一天的狼藉，时间
仿佛静止了

春日的午夜像极了宗教
温暖、神秘、旷达

喂以水墨的纸张长满了雨痕
那些决绝的词语，击穿了岁月

我坐在旧时光里复习爱情
当年的那首老情歌依旧回荡在耳畔

玫瑰和誓言
都熬成了柴米油盐

听　雨

听说桃花开了！我信
他们说的是江南

长江以北还在飘雪
候鸟已经预订了行程

风柔软了许多。我开始为你写诗
春天的稿纸上泛着绿意

何必沉默。在诗歌里对坐
胜过一万次怀念

高原春总是姗姗来迟。再过几天
北方的梨花桃花杏花都会开放

眼看就要老了。用不了多久
我心心念念的那棵樱桃树也会开花

阳光会更暖。青草、铜臭和

各式各样的味道也会照常弥漫
我回到日记里。寻找昨日的风声雨声
时间仿佛过了好几个世纪

"那夜的雨也没能留住你"
海棠无声。窗外的风一直刮到天明

失　去

除了时间，没有什么可失去的了

夕阳模糊了地平线

时间机器，制造更多的焦虑

鸟鸣穿过虫洞，于时光尽头发声

闲置的灯塔仿佛爱情。岁月轻抚涟漪

堤岸庄严，指鹿为马的那个人

正在失去，我所失去的

尘世间

我毫无原则地爱着人间
爱着每一个日落和日出

远山依旧缥缈。罅隙隐藏路途
岁月章节里藏着妖孽

我亲眼目睹，一个神话的幻灭
惊艳度不输一场花瓣雨

被朔风和黄沙统辖的疆域
鹰已返巢。枯草掩映路径

飞雪替代了春华，白塔威严
空气里混合着沙尘和寒凉的气息

横向的佛性和纵向的人性交错着
枯坐千年的胡杨神情凝重

娑婆世界，沟壑纵横
唯有三两声鸟鸣，让我心生暖意

一首小诗

扉页上跌落的鸟鸣，横穿耳膜
涟漪涌动着邻家的敲门声

我有一首栖水而居的小诗
小鱼在词语里翻身

岸上飘出热辣的情歌
我胸腔里藏着烈火，藏着隐秘的种子

小鸟啄食着春天。机械解放了耕牛
岁月在一场叙事里入戏太深

西风过于细致。山歌化解了
异乡人路过的惆怅

我把肉身支付给时间，把想象支付给天空
把其余的时光，支付给人事全非

听　说

听说小镇的桃花落了
听说小河的水肥了

我知道，盛装的春天里
石头与草木都会长出枝蔓

鱼会跃出水面。欲念一直会奔跑
风指引着蹩脚的诗句，磕磕绊绊

谁投出无常的骰子
我赌上流水之外的流水，赌上轮回之外的轮回

或者，输即是赢，赢即是输
那么，给我慈悲和怜悯吧

一条不起眼的小路，迎来送往的
不是寂灭，便是诞生

五月日记

鲜花蓬勃的季节
朝圣者的背影那么纯净
匍匐，或者站立
都无比虔诚

五月，高原静美
可可西里的传奇不胫而走
卓乃湖畔
天堂铺设盛大的产床

雪豹刷完存在感，便隐匿了身影
风在枯草与鲜花中积极斡旋
小鸟占得先机
率先产下命运的金蛋

鹰隼眺望
那个叫作未来的地方
眸中有雪山，心中有圣灵
慕名而来的背包客不辱使命

日 子

树木更新了年轮
与新生的小草一起蓬勃

"外星人遗址"不断更新着诗人想象
原野不言不语

追忆，或者追悔
总有些日子那么难以忘怀

而有些日子，注定是用来告别的
时光无痕，扯碎了分分秒秒

过去，或者未来。需要多少次回眸
才能风干你眼中那抹忧伤

往事，或者往事

用漫天云霞，弥补前世的缺憾
这一世，我把前半生交给了东奔西走
后半生就交给空山吧

或者，来日并不方长
今生的今生
诗和远方是时光河的两岸

是谁，在乌篷船里摆渡余生
豪饮月光之人捧着银碗
一杯思念故乡，一杯笑敬过往
一杯灌醉流年，一杯祭奠夕阳

后　来

后来，红柳花谢了
这炎炎七月，我独居在一首诗里乘凉、打盹
青稞和白牦牛招揽着众人的目光
"大头羊"于寂静处反刍

或者，夜来风急
一场大雨下在意料之外
篡改了所有的想象

猝不及防的背包客凌空兴叹
煮酒，赋诗
都无济于事

巴音河畔涛声依旧
燕雀鸣，形无踪
芦花飞，苍如雪

山水之外

就这样
宅在五月的深处
乘凉、避嫌
任窗外的花花草草
如何繁茂

那只飞在时光之上的鸟儿
抑扬顿挫
我蜗居在红尘中
一边打坐，一边吟诗
无名的花朵，开在山水之外

天狼在岩画中，藐视世间
佛祖在唐卡上，慈悲为怀
游子的心头堆满朱砂
一念起，菩提花开
一念灭，遍地尘埃

四大皆空（四首）

1. 地

雄鹰的翅膀掠过珠峰
阳光，浮沉
将根深扎在泥土之中
多年后
那只伸向地心的触手
退回到原点

2. 水

时光如此沉静
比转山的脚步还静
翻越喜马拉雅的鹞子
不吱一声

谁是谁
谁又是谁的谁
不去追问
不去寻找

3. 火

七月，流火
烫伤目光
掌心里的那一滴水
开始升腾

草，火焰
相互对视
一条条无辜的藤蔓
诡异地化成了灰

4. 风

用一幅水帘
撇清前世，今生
所有的往事
化成浮云

大漠深处
那棵摇曳了千年的胡杨
站成了佛
"一半在风里飞扬
一半在土里安详"

雪花飘

飘雪的夜晚
我左手操琴，右手掌灯
秋已潜入到深处
黑夜交出了柔
门前的雪，瓦上的霜
各表其白

一条风华正茂的拐杖
扶着影子，揣度冷暖
远山，近水
春秋轮回

牧马人怀揣皮囊
千山万水地爱着
吞吐的烟火呛醒了世人
那个痴心的游僧依旧倾心
行游，化缘，念佛……
脚底下踩着山高水长
袖筒里揣着人生苦短

桃花依旧

桃花红了
姐姐，你还会穿着那件花格裙子
在草原上舞蹈吗？

青春的童话已沾满绿色
姐姐，你是否把梦想
一针一线刺成精美的十字绣
绽开关于春天的想象？

桃花依旧
姐姐，你可曾撷取一枚桃红色
撇开所有的流言
与春天一起荡漾？

若有所思

大雨过后
天空亮出惬意的蓝
问天空借一片云彩
以神的名义，披一身袈裟
然后，我奔向你

麦田飘香
小鸟走失在枝头
失足的蝴蝶一夜从良
隔岸的繁花披露了真相
你奔向我，如同奔向一朵莲花

灯笼，奔向萤火
就在一念之间
所有的妙手都指向同一个热点
为一场不期而遇的爱情
正名

琴棋书画，诗酒花茶（八首）

琴

弹一曲乡愁
痴心不改
在悠扬的流韵里
情未动
心已痛

棋

设一场杀戮
旁观者清
在以退为进的谋略中
硝烟散
兵戈见

书

描一首宋词
入木三分

在行楷草篆的飞扬中
情渐深
意渐浓

画

泼一幅水墨
浑然天成
在与生俱来的烟青色里
花自开
蝶自来

诗

赋一首心曲
低唱浅吟
在抑扬顿挫的词韵中
乡情浓
相思重

酒

温一壶月色
邀你共酌

在轻缓曼妙的乐曲中
酒喝干
又斟满

花

捧一束玫瑰
过目不忘
在海誓山盟的爱情里
花未残
人已散

茶

泡一盏毛峰
芬芳四溢
在南国明媚的春色里
茶女俏
欢歌绕

三　月

三月，高原醒来
春雪、嫩芽、西风
在一场笙歌中
传为佳话

三月，梦醒来
桃红、柳绿、天蓝
菩提花开
漫山遍野，都是春的笑靥

三月，春风浩荡
这佛意绵绵的高原
云朵、飞鸟，毫无邪念
牧马人心思玲珑
为下一站邂逅
策马扬鞭

四 月

莫道塞外风吹雪，只缘高原春来迟。

——题记

四月的高原，春寒料峭
原野在牧人的歌喉里越发寂静
雪山白得耀眼
那头受伤的豹子
在月光下，舔舐伤口

春天，扭扭捏捏地出场
意料之外，一场大雪丰富了所有人的想象
或者，窗外风疾
由梦中破茧的彩蝶
飞不出乱红

此刻，便于生火，煮茶
便于打坐，咀嚼光阴
便于把所有的是非、欢乐和苦难
烩进暖锅里，乱炖

也许此刻，更适合诵经，祈福
更适合温酒，猜拳
这样温暖地活着
是最简单的活法
剩下的时光用来追忆，或追悔

醉意人生

铁马金戈无江湖，欲捧杯酒走天涯

——题记

春寒持续了好些日子
还将会持续多久
乌鸦又一次开口预言
白鹤堕落，骏马失蹄

我豪饮三碗，一声长啸
此后便又风雨兼程
而踝部旧伤还是生生地疼
娑婆世界，谁能参透

多年后，我只能从一杯美酒中体悟冷暖
那些盛开的欲望
像一树树花，一丛丛草
不清不白，不好不坏

无　数

无数个清晨引来无数个寒夜
无数个寒夜书写无数个悲喜
无数个悲喜交代无数个因果
无数个星子在因果里沉吟

无数个文字讲述无数个故事
无数个故事披露无数个思想
无数个思想造就无数个结局
无数个我在结局中沉沦

无数的无数
鱼，飞鸟
跃进无数的黑夜
无数个翅膀扑棱成又一个黎明

有些路，怎么走都是辜负

一种执念
凝结在笔尖，若即若离
修饰，或者隐喻
都是悲伤的存在

山辜负了水的柔美
冬辜负了秋的热烈
桃花，辜负了春风十里

吟诵，打坐
放空自己
抛开执念
会不会遇见另一个自己

有些路，怎么走都是辜负
或者，酒逢知己
才不会辜负一醉千年的美意

立 秋

不说寒凉
只说酒，那温热的皮囊里
揣着多少妙语

好吧干杯，远方的客人
请把高原的秋色尽收眼底

举杯对质。你深邃的眸子里有没有
一汪深情

茫　域

日子越过越瘦，远方越来越远
南墙被牧人推倒，回过头来
手中的鞭子轻轻一挥，就赶走了夏天
秋天被雨水反复洗涤，叶子洗成了翅膀
烈性的马匹野性难改，撒着欢儿置身事外
头破血流的牧人，驯服了自己

卓玛在帐房里缝纫日月，针线活儿比梦还精致
银匠的铁锤叮叮当当，打制前世拖到今生的梦
我把梦煮在大碗的青稞酒里
呓语是今生最大胆的一次表白

如果时光重回，我宁愿蜗居在你心里
河流在干涸与泛滥间两难，风雨说来就来
我饮下一杯雨露后，酩酊大醉
圣山上的经幡猎猎作响，鹰还在飞

从东山徒步到西山
是谁独居在草原深处，对外面的世界一再误解
多年后，马匹的野性消磨殆尽
日子越过越瘦，远方越来越远

赶马人

一路风尘一路歌
我马帮的兄弟
我们的基因图谱里写着长途跋涉
从长安到逻些，再从逻些到长安
我们用唐蕃古道上特有的俚语
讲述着传奇

一觉醒来，已是千年万年
我马帮的兄弟
那些风雨兼程，折射着多少落寞
那些跋山涉水，衬映着多少繁华
那些日月星辰，照亮了多少路途

遥望长安
那前世的一个来回
便是今生的一场宿醉
干杯，我马帮的——兄弟

闪　电

那道耀眼的电光
是天空抛给大地的媚眼吗？
那声震耳的雷鸣
是天空对大地的问候吗？
想必，那场春雨
是天空给大地最好的礼物吧！

众生芸芸，雪山不再冷峻
牧马人开怀畅饮
每一道闪电都是一个谶语
我从燕子的呢喃中
探听到，春的喜讯

大雪时节

天空反水
毫无防备的牧人干瞪着眼睛
凝固的河流瘦成闪电

抗议，抗议！
草原举着脱水的横幅
游行示威

协议里的那场雪
如何履行
无处不在的神灵，不吱一声

老 农

老农不老，微弓的脊梁充满力量
土地是唯一信仰
他把梦想写进天空

多年后，初心未改
曾经的耕牛朽成白骨
孤独的他以酒为伴
三巡过后，梦已酣然

老农已老，身子弓成了山
深邃的眸子里写满了沧桑
满是思索的额头
涂成了太阳色

德令哈之夜

星星把天空闪得很深
犹如你那深邃的眼神
为梦想行走了大半生的人
在今夜，又回到了现实中

德令哈，一座浪漫的城
今夜没有雨水，只有清风明月
今夜，没有姐姐
只有浅浅的回忆

巴音河畔的"海子诗歌陈列馆"
静静地守护着海子、海子的诗歌
以及以诗歌之名集结在这里的人们

有你，有我，也有他
而美丽的巴音河，滔滔不绝地讲述着
一个不朽的传说
不急，不缓

隧　道

春日所剩无几。梨花飞雪
穿过镜面的风，穿过了我的身体

时针纠正着阳光的刻度
荒诞主义的路线里只有峰回路转

直言者的话语穿过山体、穿过海底
穿过大面积轰鸣

所有的迂回都那么苍白
我仿佛触到了大地的脉搏

——轰隆……轰隆……轰隆……
长风吹过，天光乍现

归心似箭的雁鸣，乡音未改
掠过天际的云朵，轻描淡写

飘过屋顶的鸟鸣

是鸥，还是鹭？
眼底的云翳弄花了视线

它们像一首朦胧诗
天空接纳了所有的一切

包过飞翔、包括啼鸣
包括俯视和排泄

窗外，梨花飞雪
两只黄鹂弹拨柳枝

一串清脆的声音叫醒耳膜
阳光落在屋檐上，流年苍白

风细数每一片叶子。时光斑斓
岁月之上，我与一首宋词把酒言欢

春去春还在

春渐远。任性的雪
一夜间刷新了格尔木的记忆

早晚巨大的温差里，满腹狐疑的南方人
与一只酒杯纠缠不清

时间不等人。雁字已越过了唐古拉山
宋词里煮酒的那个人，灌醉了山风

绣娘手头的岁月略显苍老
时光之笔，把春天描在青绣上

母亲，母亲

十年了，母亲！您走了那么久，仍没走出我的心坎。

——题记

山上的草木还是原来的样子
陌生和熟悉的鸟鸣，照料着日出日落

炊烟暗哑。园中的芍药又开了——母亲
您急促的咳嗽声，仿佛还在耳畔

我忍住了喊你，忍住了流泪
却忍不住在您瘗骨之地独坐了许久

时间太短，半生恍若一梦
回忆太长，十年犹如千秋

远山裹着薄暮，坟头的花草替你活着
近水绕过山村，路边的杨树替我看着

我曾在你慈祥的目光里捡拾麦穗和青豆

时过境迁，而场景不可重生
回望那些时日，画面已然模糊
且听一抹梵音，红尘顿时清明

走马天涯，我用最后的倔强追忆
雾里看花，许多事却不宜细查

峥嵘岁月，生命里处处是破绽
世界那边，现在是何月何年

时空旅行

高速公路像时间的绳索
缠绕在生命里

目标不确定时，方向是个虚词
节日早已过到麻木，甚至过敏

大部分时间变成了食物残渣
馊了的尘世腐气过重

亲情、友情和爱情都端上桌子
其余时间酿成了酒

向东……向东二千里
壶口的黄河俨然汹涌了许多

太平洋仿佛照妖镜
摇晃的镜面上，疑似鬼怪出没

七条鱼儿

彻悟后，我便去圣湖畔转水
道路受了不少委屈

时间已死。遗址上
那些圆融的石头似曾相识

河流泥沙俱下。六道中
七条裸鲤率先入世

时光无心，留不住溯源的身影
前世、今生、来世……

洄游是后来的事。患得患失的人们
于予夺处两难

岸上的草木都看不下去了
请别为难预产期的鱼儿

夏渐深。湖面上水波潋滟
每一个光点，都折射着一场生死

又见巴音河

6月2日，晴
21∶43，夜色微凉

风轻轻地摇着，水悠悠地流着
孟夏的浪漫掩映深蓝的思绪

巴音河西岸，人来人往
顽皮的孩子踩着滑板，穿梭其中

遛狗的美妇旁若无人
过腰的长发一如飞瀑

有人讨论生活，有人讨论爱情
有人讨论诗歌，有人讨论轮回

更多的人们信以为真！唯独
那个凝眸远眺的人，一言不发

格尔木文学丛书

GEERMU WENXUE CONGSHU

（第四辑）

第三卷

拾　遗

湟 水

从一支民谣里发源
流进一支更大的民谣里

千年万年了，你曲折的故事
恰似我三生石上阴刻的命运

左岸，浩浩荡荡的马队被赶进前世
右岸，生生不息的子孙修正着今生

那么来世呢？长袖善舞的姑娘啊！
你那野辣辣的"花儿"，绊住了我游浪的脚步

轮 回

——写在湟鱼洄游季

留一寸山水给自己
安放虚脱的灵魂

留一个梦想给未来
召唤远去的记忆

一条河，一座小城
一片海，一切众生

它们超越古老的预言，超越生命
超越所有的慈悲，种下爱

万物从此有了轮回的余地
此时此刻，人们应该保有怎样的庄严

信仰总是那么温暖
转山转水的信徒，转回到自己

迁徙，或者洄游
那些不计代价的奔袭是生命固有的史诗

时间滑向时间深处
感性的鸟鱼和理性的草木纷纷归位

一场盛大的朝圣拉开帷幕
这时，所有的苦难与绝望都不值一提

生命繁茂的高原藏城啊！
鸟和鱼，都有着重生的勇气和决绝

阳光透进来的地方
罪恶和欲望，那么不堪一击

遥远的青海湖

水在天上，天在水中
在那遥远的地方

落霞煮沸了湖水
卓玛赶着云朵走向天边

鹰在飞，所有的草木都郁郁寡欢
酗酒者渴望一场远行

这一生，需要多少次妥协
才能弥合前世今生的时差

白牦牛驮着信仰凝望圣山
那片"海"，涤清了朝圣者浑浊的目光

白　露

草木假寐
骆驼与马匹吞咽了过多的薄凉

秋雁丢下云朵，自顾南去
烟火渐稀，拾荒者越过苍茫

青稞，欣怡地接受了颗粒归仓
月色充满空洞的白

酿造者充满想象
将夜露制成玉液，以备来日享用

睡意醇香，醉意芬芳
而来日并不方长

归来者举着月光
点燃一路惆怅

月 光

拆解一些词语
让风更柔软一些
秋天的意象太过萧瑟

中元节的月亮够白、够亮
仿佛淬火的银
所有的想象与修辞都将被回光返照
自欺欺人的那个人，一五一十地说谎

我坐在月光里静静地听禅
夜色简单，人心博大
格尔木河顺从地逶迤在我身边

树影婆娑。草原狼
凄厉的叫声洞穿天地
石头生畏，人间锻出星星之火
忽而细微，忽而广阔

街　灯

一束光，吸收了多少阴影
昏黄里，所有的意象都模糊不清

夜风可以忽略不计
酗酒者揣着摇摇晃晃的忧伤欲言又止

垂枝榆形影相吊
稀疏的车灯仿佛梦游者，飘飘忽忽

明明灭灭中，那双迷离之眼
看向东边的天空

沙漠玫瑰

从远古到远古，需要
多少次重生，才能长成今天的模样

洪荒中，你卸下所有负累
凝成磐石，凝成世间唯美的花朵

时光折叠的花瓣一如锋刃
剔除一切杂念和繁芜

你将内心最深的孤独
藏于大地，藏于远去的潮汐

光阴含笑，被时间淘洗干净的词语
雕成玲珑骨

转身是法门，回首是红尘
一转一回之间，又是千年万年

孤独的青稞

昂起头，仰望昆仑
如同仰望生命的高度

侧耳，聆听大地的呼吸
聆听江河滚滚而去的跫音

千年苦行，你始终保持着灵魂的纯净
在雪域、在高原、在娑婆世界

我将耗尽所有的绿，予你万千端详
无论是劫是缘

此刻，所有的苦难都不值一提
此刻，所有的悲喜都融进生命里

任流光飞逝
任铁质的风灌进体内

你低下头颅，向大地鞠躬
我匍匐于红尘，兀自膜拜

秋之歌

时间泛黄
所有的蝴蝶都收拢了翅膀

树枝上结满金色的鸟鸣
一些人注定要离去，一些事注定要搁置

那匹走失的马驹依然杳无音信
人间不禁打了个寒战

蓑羽鹤擦亮了羽毛，准备远行
留鸟们议论纷纷

时间越来越紧
那只负伤的斑头雁，还能不能成行

秋分随想

雁字起舞，枫树举着火把点燃了云朵
或者，虚妄之火言过其实

我该用怎样的笔墨皴染时光
皴染生命中所有的落叶

旁观者缄口不言，仿佛失语
沿途的草木闭着眼睛疗伤

有人装鬼，有人弄神
有人言不由衷地哄骗自己

长舌妇的闲言碎语戳破真相
而布道者目光平静

那个焦虑过盛的牧马人，重新又回到了草原上
夕阳下，牛羊一五一十地反刍

钓 月

秋意渐浓
追赶了一天太阳的那个人回到了梦中
芭蕉的画笔涂鸦夜空

是谁在静夜里频频举杯
循着先辈们生命的遗迹
于灯火连江处怀旧

垂钓者心思婉转
将一江月色揽入怀中
所有的鱼儿都洄游到岸上

风的唢呐吹过江面
此刻，我望着微醺的倒影
满载星光，划向岸边

而天空，仿佛册页
一笔笔记录月光的轨迹

秋落五子湖

风的刻刀，搭在时间门楣
庚子之秋，天空落满虚拟的鸟鸣
一条寂静之地路，直通旷远
直通隐秘的内心

五子湖，这片深情而曼妙的土地
灌木发出神性的光芒
那"无边风月"
仿佛讲述一个古老传奇
阳光从不吝啬
万物遵从于某种力量

"倚云"而望，远山近水的闲淡
拒绝着一切俗念
我凝视一枚深色的浆果
沏一壶秋色，与天地共饮

冷　香

纵马江南
无一是我安身之处
仰望雪山，那神祇眷顾的地方
才是我灵魂的故乡

走过三冬四夏，走海角天涯
走过寂寂之夜
横穿万水，只为那惊鸿一瞥

雪中海棠，依稀可辨当初模样
举杯邀月，红尘里全是莫名的惆怅
梦里归乡，独访那一段暗香

麦子熟了

篱笆墙的影子日渐延长
拆洗的被褥像胜利的旗帜
阳光毫不吝啬

岁月长成饱满的子实
汗滴洗礼过的土地
摇曳生姿

整整一个秋天
镰刀举行了一次盛大的朝拜
农谚渗出甜蜜的汁液

而阿妈的腰又弯了一寸
阿爸的扁担
一头挑着喜悦，一头挑着苦难

"炮儿"上飞出的"尕马儿令"
将一年的辛劳，甩给了山川

达瓦卓玛

你行走在诗的山水间
雪莲花一样无尘

在雪山，在草原
你绘制着属于自己的春天

有风雨，有雹子。还有突如其来的雪
和从身边悄悄溜走的小兽

草木依旧繁茂，而空气稀薄
字里行间，一心修辞的女子淡若清风

你种在画里的青稞，长出过多的忧伤
谁撵走了你掌心的蝴蝶？使整个夏天一度苍白

我没有一个芬芳的名字赠你
城里、乡间，两两相望的诗句照料着彼此

有时候，你撇下所有的日子

去远山中寻梦
你曾写下过秋阳下的格桑花，以及它残破的影子
为此，你追随过雪山之巅慈悲之光

恰巧，我保留了那个季节肃穆的记忆
那种温暖，肉眼可见

天佑德

"天佑德"——多么温暖的名词
提及它，仿佛就提及我年轻的父母

提及它，仿佛提及了兄弟姐妹
和年少的自己

我看见醉酒的麦穗在星光下做梦
我看见诗人坐在巨大的酒杯中，吟风弄月

所有的诗句都沾着酒香
何叹人间薄凉

山峦捧出青稞
铁线莲勾起一段段往事

从身体里赶走暗影
赶走悲伤与失意

生命于是简单、从容

我踮起脚尖，眺望月下的丽人
夜色宽厚
给我一个温柔回音

聚　焦

月光把黑夜一点点擦亮
窗外的犬吠忽远忽近

夜被时间沥干
我用目光，诘问冷面的时钟

仿佛，抑或……
爱情已被贩卖

委曲求全的那个人心思褴褛
我听见他体内的碎裂声

拥挤的城市，每个人都小心翼翼
唯恐精心的伪装被人拆穿

有人踩着圆滑的舞步，穿越闪电
这沟壑纵横的人间，谁能顺风顺水

无意趟那些浑水。关于人世
所有的形容词都给不了准确答案

野有蔓草

朔风高扬。万物侧耳
五彩经幡上福运升腾

"七月在野，八月在宇"
所有的鸣叫都那么隐秘

谁曾在六字真言里共修一场回响
谁从黑金的盒子取走了生命的意义

越过山岗的豹子省略了荒凉
雁字，仿佛天空的刺青

深入人心草木时枯时荣
兽群遵从于智谋。按兵不动

灵台上，飞鸟偷走了唯一的供品
阿妈未曾打开的那个春天被一场大雪封存

夕阳下沉

青山与枝蔓举起地平线

八荒四海，哪一处不是道场

跑了半生龙套的那个人，于莽野中悄悄垂暮

火　焰

风铺开田野。雪花落进眼眸
远端的树木抱紧悬崖

每一条河流里都深藏着火焰
岸上香火恣意，那些解不开的迷仍然未解

我目睹一条河被活活冻死
世事无声地咆哮着。暮鼓悲悯

记忆开始陈旧。某种蓝
试图穿透我的肌肤，抵达内心

目光外，仍是相互体谅的众生
旧屋、老树、枯藤还在

我被时光搬来搬去。所到之处全是生活的暗斑
往事在浮光中倾斜

时间持续发挥作用
摆脱原罪的钟声不绝于耳

冬日诗行

时光洁白，大地静默
琼英弥合了岁月的纰漏

游吟者翻过雪山
一曲《可可托海的牧羊人》，唱碎了年华

马啸西风
鹞子省略了徒劳的盘旋

村庄原封不动。在时间的裂缝
留守老人们口中仍是丢不开的远方

他们用苦涩酬对余年
下在生命里的雪，越积越厚

这世界

到了远方后，更多的远方展开路途
时间仍然不够用。我在一个词语上反复徘徊

不惜搭上所有的愿望和想象，怀念一首诗
世风日下。我因此落下骂人的病根

翻越雪山和美人痣后，我便回到佛法中参禅
飘进骨头里的雪，不过是轻中之轻

歇斯底里的爱情与胃寒的身子
使时光暗淡。这无辜的人间

神龛里香火依旧茂盛
而诸神仍旧顾不上人们的死活

大雪时节，我试图与自己保持往来
并设法找回丢失在秋天的那条路线

冬游五子湖

冬天，水倔强地站起来
像那些倔强的人们
在山野、河上或村落
追寻没被寒风扑灭的灵动

水土、空气和阳光一息尚存
或者，人间并无寒冷
冷的是比生命更深的心境

这么多年了，五子湖的水依旧清新着她的样子
春天匍匐，不染尘埃
冬天倔强，仰望苍穹

春夏，人们忘记了仓皇
于岁月深处细数年轮
草木葱茏，蓬勃着生命的气息

慕名而来的鸟类和走兽
仿佛参透了生死。平和而安详

红柳在开它的花，白刺在结它的果
鸟兽，在繁衍它们的子嗣
野花和蜜蜂商讨流年。雨水惜时如金
远道而来的人们省略了喧闹
湖水如镜，倒影他们澄澈而洁净的一生

蒲 团

意念打坐。涌进山门的朝圣者
行色仓皇

漫不经心的撞钟者漫不经心地撞钟
一时的虔诚如何洗脱满身罪责

蒲团有着拔地而起的威严
而自欺欺人的香客满腹心思

山门外，积聚了过多的苦闷
晨钟暮鼓，警不醒世人

半城雪

风割裂了天空
东边的云彩与西边的晴空相互体贴
岁月不再仓皇
人们欣怡地接受着风云莫测
时光玲珑。半城阳光半城雪
煮沸了一座古城

黎 明

月亮收敛了暧昧
启明星落在枝头，照亮鸟鸣
时间苏醒。栖息于窗台的三角梅
映红残梦

远山如黛。流水停止了喧哗
行色匆匆的人们依旧行色匆匆
朝圣者将一身疲惫交付于夜
孩子的微笑开始轻盈

风　语

今冬，格尔木的第一场雪迟迟没落下来
追风者都去了南方
留守的白天鹅拍打着翅膀
试图抖落身上的旱情

南下的雪，仿佛瘟疫
鱼类，灌木和果蔬深受其害
江河在词语上结冰

寒风吹彻，满世界都是冰冷的话语
通过众人的口风
更多的冷和旱情向我来袭

炉火于寒潮中打战
诸神在高处用想象御寒
我努力修补岁月的漏洞
对于昨天，避而不谈

小雪驾到

凌晨，一场小雪秘密到访
天亮后，格尔木的朋友圈一片洁白

强大的"引力波"使时空变形
一夜间，所有的荒芜都销声匿迹

有人晒出美图，有人晒出美意
有人踩着咯吱作响的日子东奔西走

时间在蒸发。我被生活的漩涡
卷入"黑洞"

身上的旱情，依旧保持着干裂的姿势
水分，还在流失

八说格尔木

第一说山脉受孕。诞下的骆驼和羊群活色生香
喜极而泣的牧人仰望昆仑。经幡在垭口舞动
鹰在飞。

第二说，风掀开河床。凝固的河流抖了抖身子
鱼儿吐出欣喜的泡泡，看时光渐远

第三说应是红柳醒来。拔地而起的草木
成就了乌图美仁草原千年传说
驼铃声声，斯人已去

马匹在第四说上疾驰。蒙根的长调引来雁阵
可可西里的风，抚摸辽阔的自由

第五说春风浩荡。盐碱地水稻开拓新的疆域
五色藜麦与鲜红的枸杞逆风生长
还有什么不可能

胡杨异形的叶子，长成第六说。拖拉海并不出名

但野性的美，征服了异乡人
雪山、草原和戈壁，构成绝美的拼图

第七说天路，十万只车轮翻越昆仑。冻土层上的奇迹，更新
了世界对青藏的认知
唵嘛呢叭咪吽

只剩下第八说，联通九州。人们从东西南北涌入，又从东西
南北涌出。四通八达
使起飞的格尔木，变得更加轻盈

听 风

鸟儿在树梢上讨论着什么！我听不清
冷对它们意味着什么！我说不清

这个早晨，寒潮刀子般掠过屋顶
削平了我对春天的全部想象

雪花飘得漫不经心，仿佛丢失了信仰
枯草预示着死亡么！

我揣着结冰的乡愁，写下颠三倒四句子
铡草，喂马都只在记忆里

时光把时光逼到无路可退
人们把生活丢在生活之外

我在午后清算岁月
风吹着风，走向了虚无

序　幕

雪落时，我还在
暖炉旁做梦。酒已过三巡

灯光哗哗地流下来
砸在身上，一阵一阵地生疼

亢奋的沙子越过老屋
或者，时光已坍塌

这动荡的中年
我屏住呼吸，放慢步子

走出比夜更深的梦境
月光的现场过于玄妙

风的手语告诉我们
春天——正在敲门

海棠红

一伸手，我就触到秋天
一回头，仍是那场苦恋

风在枝头布满思念
那些殷红，繁衍出过多的忧伤

一如掌心里那颗痣
长在手上，映在心上

春风辞

暖气流温柔地抚摸着山岗以及山岗上
谦卑的草木。经幡舞动

野兔和甲虫纷纷爬出洞穴
苍鹰回到云深处繁育子嗣

云朵在把玩纸鸢。我爱上
这空荡荡的天空，爱上静静的你

挥霍掉青春的浪子凌空叹息
健硕的野牦牛在草地上恣意奔跑、哞叫

我按住梦中的惊涛，按住
体内所有的突兀。风撞响了钟

水土不服

风擎着风马的愿望舞动空山
古老的咒语，仍然温暖

闪电劈开天空
朝圣者揣着修辞安置雷霆

雪线做出让步的姿态
为数不多的树木站成勇士

活色生香的日子，需要文火慢炖
谁来支起煎药的炉灶？

焦虑将导致失眠
悟透"真理"后，我仍旧水土不服

人世间到处都是虚拟之词
但是，闪电里有没有清洁的水源

春风物语

风努力地擦拭天空
原野依旧暗淡

沉睡的大地深吸一口气
恢复了嗅觉的旱獭唤醒草木

清泉在石头上击出节拍
明月在林间捕捉春息

普罗米修斯盗来天火
祖先们从刀耕火种中获得智慧

千年万年了。灵光一现的牧人
将草原还给了草原

一座座青山凝视着我们
自由奔跑的猫科动物统治了山川

所有的修辞里，"二牛抬杠"只是个虚词
我开始缅怀故乡的一场雪

塑　像

塑一个你，冠以美好的名字
塑一个我，赋予忧郁的气质

塑一场爱情，给她千回百转的情节
再塑一缕烟火，抚慰兵荒马乱的大半生

还要塑一个世界，要四季分明
不关乎人性，不关乎灵魂

让我们在春天复活，夏天蓬勃
在秋天里热烈，冬季里寂静

不盼望
不悲伤

流　露

沙尘，降温
这无常的天气，连雪山都暗了几分

雁阵披着金光又翻过喜马拉雅
粗粝地喘息的野牦牛瞪大眼睛

冷空气不由分说地灌进城市的缺口
刚露出头的小草，屏住了呼吸

桃花还未打开，就凋零在一首诗里
疼痛过于严肃，不便细说

冬季仿佛被加厚
天空，显得冷峻而无辜

斑马线

"红灯停，绿灯行"
规则与潜规则仿佛双实线

春风里，时间打扫着天空
马路过于匆忙

交通警耐心疏导熙攘的空气
强迫症患者一遍遍梳理自己的秩序

榆叶梅安静地吐着新芽
一棵树站着站着就被撞到了

地球是否改变了运行方式
自以为是的人们不断翻新花样

斑马线和信号灯，无时不刻
不在拷问自作自受的人类

笔

牧人把日出绣在雪峰，绣在水面
绣在金光的屋顶

春色渐浓。原野释放粗犷的美
笔尖吐出淡淡的寒意

静水流深。中年的身体只剩下喟叹
纸张接纳了古老的情思

高处的鹰与低处的羊群，仿佛信徒
树冠与天空交换了想象

生命无痕。静静的嘛呢石
令我心生暖意

山　河

春雪退场，雨丝纤长
树枝与阳光商讨叶子的底色

山势对仗，河流澎湃的样子
像极了激昂的血脉

雁鸣叫醒每一寸土地，自南向北
青藏的春天也许晚点，但不会缺席

青山与黄土互为因子
所有的递进都是铺垫

陆路通畅后，我们又打通了水路
从此，想象有了来路和去处

陡峭，汹涌和歇斯底里转危为安
笔尖顺从了一场风。我的章节里铺满绿意

布道的虫子虔诚地诵吟，仿佛
每一次心跳都贴近河山

入林记

风，温柔地吹着
鸟儿不由分说地闹着

阳光斜射下来。林间
若隐若现的小径，曲折而斑驳

忽地弹出的小兽倏然而逝
突兀的石头坐在树下，仿佛隐世者

小花讲述着一只蜜蜂的故事
哑然而笑的人，感叹岁月制造的瘢痕

一棵树静止下来，于时间深处
追溯自己的来路

另一种蓝

黎明从一团鸟鸣中醒来
天空由灰转蓝只须你转一个身

坐静的赤子开始怀疑历史学
往事回过头来，碰到了我的痛处

路德维希二世豢养多年的童话
长出翅膀飞向了山那边。爱的壁画或已斑驳

我无力挽回光阴的流逝，只好回到
浮世学习输便是赢的哲学

言归正传的豹子认真扮演自己的角色
归来者剑胆琴心，一念之差又是半生蹉跎

严重兽化的那个人，仿佛忘记了
善就是宗教。一种似是而非的病折磨着他

流进历史的那条河
沉淀了过多的往事和泥沙

魔鬼城

怀念一抹绿，如同怀念前世的你
千年一梦，炽烈着，执着着

干裂的嘴唇结满血痂
被风沙打磨过的时光，无比苍茫

寻一枚脚印，悄悄盯梢
戈壁骆驼走向漠海深处

万古美名毁于一场风
留下一座荒芜的城，思念绿洲

红衣女子，仿佛海市蜃楼
若隐若现

在青海，天空可以蹲下来

一伸手，就可以采撷云朵
在莽莽昆仑
星星串成的念珠
无比璀璨

追随神话的火烈鸟远道而来
天空放下身段
草原张开纯粹的怀抱
雪山便有了神性的光芒

芨芨草

桑烟升起时，诸神失忆
牧马人双手合十
缘起正见的种子
扎下善根

蓬勃，或者辽远
持念白度母心咒
抵御风刀霜剑
荒败的石头抱紧命运的偈语

谁在白塔前长跪不起
经幡舞动的垭口
芨芨草昂首挺立
接受岁月，最严苛的检阅

雨

难得的一场雨，下得荒漠温润了，戈壁温润了。就连鸟鸣，也温润了！

——题记

雨来的正是时候
这燥热的伏天
每一滴水，都弥足珍贵

淋漓时，高原寂静
所有的草木纷纷致谢
鸟鸣都绿了

江河在草原上奔走
石头模仿着石头
大批大批的花朵递出了香

芨芨草观棋不语
或者，酷暑还将卷土重来
红柳根部的伤痛无人知晓

谁默许了午后的众说纷纭
放晴后
一阵清风掠过小城

穿越高原的寸草

那些野性的繁茂
漫过眼眸
漫过时光之河

绿一寸一寸地长大
长成无法忽视的原野
没什么不可能

一滴香欲言又止
寸草不生只讲给告密者
谎言被连根拔起

蓬蒿伸长瘦颈环顾四野
鸟鸣占尽先机
大量回收四处投来的目光

翻越达坂山

车流滚滚，人们纷纷驻足
或留影，或惊叹，或膜拜
是云梯，是天路？
这摄人心魂的"九曲十八弯"

伸手就可以采摘云朵
写满新奇的眼睛闪烁着灵动的光芒
菩萨慈悲为怀
青稞，油菜和燕麦，无比安详

远山近岭此起彼伏
是谁幽居在云雾深处翘首以盼
轻风中的花香，花香中的鸟鸣
鸟鸣中的空山，空山中的眼眸

眼眸中，岚岫隐现
或者，云将作雨
绿水、青山和花海
呈现一片诗性的原野

春 雪

你从洁白的云朵出发
洋洋洒洒
在春风的搀扶下
一路扬花

朝觐的道路艰辛而漫长
沿途的草木心事明亮
你幽居在大藏经里
顺风顺水

阳光擦拭你清澈的眼睛
星月的光芒映照你剔透的肌骨
多少年了
你依然把灵魂安放在圣灵的双手中
独舞高原

十月，遇见美

十月，风是安静的
你也是
我们行走在黄昏的柔软中
说诗论酒，酒香就溢满了山坡

远处的花朵是你的笑
广袤的草原，满是牧羊人的歌谣
是谁在彼岸放出了风
使所山川草木，都成了金黄？

十月，青海湖很静
心也是
五彩经幡普度着众生
转湖者头顶经卷
步履轻盈

白月光

夜好空，比天空还空
知更鸟隐逸在世外
草原，雪山
遥相祝福

群星凝视着大地表情严肃
借宿的麻雀，一声不吱
看家护院的小狗
弄出了夜里唯一的动静

午夜梦回，昨日的繁华已然落尽
在这夜深人静的时刻
我将整行整行的诗句写进白月光
写进那段抱憾的爱情

我不介意天空中多一点云彩
只要月光还在
只要星辰还在
只要，你还在

马兰花

猜想一场与云彩的对话
欲语还休
你心怀蓝天的模样
像极了一只小鸟
飞，或者不飞
都将是草原上最美的标签

海

从一滴蓝中洞悉大海
笔尖掀起阵阵浪花
思绪的狂潮，甚至海啸
拍打着胸腔，一波更甚一波

暗礁是一块心病
绕开病灶，绕开热带气旋
用命运的罗盘重新定向
或许，更远的航程会有更多的风景

蓝野菊

你初醒的样子很迷人
以至于蜜蜂和蝴蝶交头接耳
上帝予你极大的宠爱
赐你同天空一样的肤色

我怀疑你的血液里具有蓝天和大海的基因
此生，彼生
不错过任何一个绽放的机会
与那些赤橙黄绿，簇拥秋天

残 荷

秋风很软，软到担不起一枚花瓣
秋水很凉，凉到捂不热一颗清泪
忧伤的鱼儿顾影自怜

时光破碎
你脉络里承载了过多
愁绪

答　案

暮雪千山。岁月抻长了手臂
鹰扑向大地的臂弯

流岚婉转。时光过于厚重
布道者努力弥合生命的缺憾

水且流着。谁在时间里东奔西走
有些人注定一生都要追寻

"香巴拉并不遥远"，三步并作两步
殉道者还是晚来了一步

红尘婆娑。或者
所有的结局都不是结局

所有的问题都没有答案
所谓答案，就是没有答案

黎明之前

风摩挲窗棂。轻微的声响
惊醒朦胧的星辰和沉默的屋顶

有鸟鸣隐约从远处飘来
天空非灰非白

时间外，早起的人们忘记了修辞
粗暴地翻动生活的语句

一辆白色的车子轰鸣着
隐没在路灯阑珊的光束里

从夜梦切换到尘世
有人行色匆匆，有人保留意见

谋杀者

那一夜，月光化成了河
在虚无里汹涌
岸上的草木窃窃私语

黎明从风声中醒来
耳畔传来金属的轰鸣
生活犹如一个大大的惊叹号

飞蓬满地乱跑
一心求佛的那个人虚掩心扉
谋杀者举着时间的利刃

我痛恨自己的迟钝
一念之差便心疼不已
而雪山暂时原谅了我

旱码头的潮汐指向大海
我携着所有的空，此去经年

木　偶

千刀万剐后，你像一个
投射到人间的影子

你与自己从未谋面
故弄玄虚的人们故弄玄虚

你总在自己的纹路里沉思
种瓜得瓜的人，种出了虚无的繁华

在不是角色之后，你无喜无悲
尘世还原成原来的样子

并非易事

时值六月，雪域高原的水土
才缓过神来！草木努力地探出了头

马蹄已替我在人间走了一圈
青稞冒出地面已殊为不易

有限的日光里，旱獭抓紧时间沐浴
雪又一次落在寺院的屋顶

钟声打着寒战传情达意
恰巧击中了年久失修的爱情

逆光下，一封查无此人的信
在邮差的手里抑郁成疾

支　点

我们各自蒙恩，于山川河流
赐予的广阔里。流水滔滔

一声啼鸣源自远古的呼唤
我在时间里跋涉千年

在可可西里，一块石头仿佛生命的支点
他有纯粹的信仰和名姓

天空很蓝地看护众生，而湖上
河中和茶盅里，都是菩萨的倒影

思过者不拘小节。善因里飞出的那只鹰鹫
收走了信徒虔诚的遗骨

在一朵云下面

雪山举着天空
云朵叙述着水的故事

在遥远的格尔木
种子枕着沙粒沉睡了万年

雨滴永远是稀客。口渴的小草
俯下身子续写传奇

六月，北边，西部以西……
石头学会了诡辩

几个词语努力表达出意义
空洞无谓的封面下，昼黑夜白

那么，我心心念念的故乡呢
一件事正诡异地变成另一件事

空空的村庄等着什么？干瘪的雨滴

砸下来，也没见有人推开久掩的门扉
直到，树荫下那个老人起身离开
日子碎裂成一地瓦砾

对 岸

神奇的柴达木，"天赐宝盆"
遥远的德令哈，"荒凉之城"

夏已深入到青藏腹地
河已流出了昆仑峡谷

鹰飞过的天空，梵音浩渺
神居住的地方，人事跌宕

山的背面，花于花中芬芳
水的对岸，树在树下乘凉

我日夜兼程，只为今生再见一面
你进退两难，奈何前世情深缘浅

也罢也罢，缘起正见
好了好了，无须多言

陷　阱

我无法走进你眼里
就像你无缘走进我心里
生活仿佛一个巨大的骗局
待在善因里的那个人
一脸迷茫